De una a siete

Antología Taller de Narrativa 2013

Sociedad de Escritores de Columbus, Ohio

De una a siete
Todos los Derechos de Edición Reservados
©2013, Pukiyari Editores
©2013 de sus respectivos relatos:
Patricia Gabela, Amílcar Araujo, Ángeles Casasola,
Marisol Rodriguez, Félix Quevedo, Enrique Infante,
Félix Amicantonio, Ani Palacios

Pukiyari Editores/Pixtuy
Portada © 2013, Mariana Quevedo

ISBN-13: 978-1630650032
ISBN-10: 163065003X

PUKIYARI EDITORES
www.pukiyari.com

«La mente que se abre a una nueva idea jamás volverá a su tamaño original».
-Albert Einstein

ÍNDICE

Prefacio

No hay nada como empezar algo nuevo y verlo convertirse en algo maravilloso. Exactamente ese es el caso del grupo de individuos que participan en esta antología. Nos bautizamos la Sociedad de Escritores de Columbus y residimos en el estado de Ohio, en Estados Unidos.

A inicios del 2013 Enrique Infante, cantautor y poeta que conformó el grupo Escritores en Español de Columbus, me pidió que ofreciera un taller de escritura dirigido a los miembros de su grupo. Yo, recién llegada a la ciudad e ilusionada por conocer autores, accedí con gusto.

De los veintipico que se reunieron en la sala de mi hogar esa fría tarde de invierno, los más interesados en narrativa me solicitaron continuara ofreciendo talleres mensuales. El grupo empezó a reunirse un domingo de cada mes, de una a siete.

Fueron unos pocos los que persistieron en su objetivo de aprender cómo convertir el talento innato en escritura relevante y entretenida. Al inicio tuve dudas acerca del progreso y las posibilidades; y sin embargo, hacia mediados del año los alumnos 'florecieron' y empezaron a dar frutos sabrosos.

Esta antología es el premio por un año de trabajo y esfuerzo. Por un año de escuchar críticas, tragarse el orgullo y regresar a la mesa de trabajo. Por un año de aprender que el escritor nunca termina de mejorar sus escritos, que siempre hay mejores maneras de decir las cosas y que todas las palabras del diccionario están disponibles de manera gratuita para todos. Por un año, en fin, en donde no solamente trabajamos relatos de narrativa sino que forjamos una sociedad de escritores, desarrollamos amistades, aprendimos el uno del otro.

Todos los cuentos presentados en este libro fueron desarrollados durante los talleres mensuales y editados de manera colectiva por el grupo en pleno. Así los talleristas también aprendieron a editar y publicar un libro —y a tomarse un tequila cada vez que encontrábamos ciertas palabras en los textos.

Como grupo hemos aprendido a reírnos de nosotros mismos y a celebrar los éxitos individuales. En el 2013 presentamos la nueva novela de Amílcar Araujo y Patricia Gabela, *Pagando el precio* y mi nueva novela, *99 Amaneceres*. También nos llenamos de orgullo con el cuento antologado en *El cielo es un orgasmo* de Amílcar Araujo, *El pacto de Jacinto*; y los cuentos *Amor de autobús* de Patricia Gabela, *Modales* de Marisol Rodríguez y *Felipe y el don* de Enrique Infante, que quedaron semifinalistas en el Primer Concurso Internacional de Relatos Pecaminosos de Contacto Latino 2013.

Para fines del año nos llevamos una sorpresa enorme cuando Félix Quevedo, que solamente había participado escuchando pero negaba la posibilidad de escribir, de pronto nos deleitó con su primer relato, *De primer nombre*.

Nuestra misión es ampliar los conocimientos del grupo, publicar, divertirnos y llevar las buenas nuevas de la literatura latina de Estados Unidos a donde podamos. Esperamos crecer, ofrecer nuevos grupos y seguir pasándola bien mientras aprendemos y evolucionamos.

Ani Palacios
Editora mundial, Contacto Latino
Editora mundial, Pukiyari Editores

Acerca de los autores

Patricia Gabela

Nacida en México, D.F. es ingeniera química industrial y magíster en administración de empresas. Llegó a los Estados Unidos de Norteamérica con su familia en los 90's. Es coautora de *Pagando el Precio* (Pukiyari Editores, 2013). Ganadora del segundo lugar a nivel nacional en el Concurso Cuéntale tu Cuento a La Nota. Finalista en el Primer Concurso Internacional de Relatos Pecaminosos Contacto Latino 2013. Su obra en poesía y prosa se ha presentado en el II y III Encuentro de Escritores en Español de Columbus, Ohio, en el Día Internacional de la Mujer patrocinado por Purpose for Women International Org y en el I Recital de Poesía y Prosa en Ohio State University. Fue presentadora en la conferencia anual 2013 de MALCS (Mujeres Activas en Letras y Cambio Social).

Félix Quevedo

Félix Quevedo es un ingeniero industrial y magíster en tecnología de la información, originario de Lima, Perú. Esta es su primera vez escribiendo algo que no sea código. Su participación en estos talleres y la escritura de su primer relato le ha creado el gusto por escribir. Ahora nadie lo detendrá.

Amílcar Araujo

Nació en México donde realizó sus estudios universitarios y de postgrado. Luego migró a los Estados Unidos con su familia, donde desempeña puestos ejecutivos en el campo de tecnología de la información. Formalizó su pasión por la escritura convirtiéndose en discípulo de la premiada escritora peruana Ani Palacios Mc Bride. Sus trabajos de poesía se han presentado en Ohio State University y en diversos foros. Es coautor del libro *Pagando el precio* publicado por Pukiyari Editores. Finalista en el Concurso Internacional de Relatos Pecaminosos Contacto Latino 2013 que culminó con su participación en la antología *El cielo es un orgasmo y otros relatos pecaminosos* (Pukiyari Editores, 2013).

Ángeles Casasola

Originaria de la ciudad de México, estudió Derecho. Desde muy niña le atrajo la escritura, así comenzó escribiendo para la revista literaria donde cursaba la preparatoria y participando en un concurso de cuento en donde ganó el primer lugar con el relato *El fin de mi vida*. En el 2013, retomando su gusto por la prosa, decidió unirse a los talleres de narrativa de la Sociedad de Escritores de Columbus, Ohio. Orgullosamente guiada de la mano de una gran escritora, Ani Palacios Mc Bride, ha logrado desarrollarse dentro de un ambiente totalmente literario y creativo. Esta antología, *De una a siete,* constituye su presentación internacional con narrativas de relatos creados dentro del taller.

Marisol Rodríguez

Marisol Rodríguez es una poeta, escritora y educadora puertorriqueña radicada en Ohio.

Enrique M. Infante Ángeles

Nació en Lima, Perú; el 23 de abril de 1972. Es escritor, músico y productor. Ha escrito hasta hoy alrededor de mil poemas y ha publicado dos discos. Escribe artículos para algunos periódicos de Columbus, Ohio y para su propio blog. Estudió Administración de Empresas y Tae Kwon Do. Es el fundador del grupo Escritores En Español De Columbus y miembro activo de ASCAP (Asociación Americana de Autores, Compositores y Editores), LARAS (Academia Latina de Artes y Ciencias de la Grabación) y NARAS (Academia Americana de Artes y Ciencias de la Grabación). Actualmente vive en Houston, Texas.

Félix Salvador Amicantonio

Nació en Mendoza, República Argentina, el 21 de mayo de 1952. Se destacó desde la edad de 8 años en la actuación radial. A los 16 años comienza a actuar en la Compañía de Mónica Lando en LV 10 Radio de Cuyo. Su vida transcurre en radio, televisión y actualmente en cine. Nominado al Martin Fierro del año 2001 por sus parodias radiales de grandes obras, como *El Padrino* de Mario Puzzo. Se traslada a Ohio con su familia, donde actualmente reside. Comienza su participación literaria de la mano del autor Enrique Infante acompañándolo en Escritores en Español de Columbus. Actualmente, a la par de escribir, acaba de finalizar el rodaje de una película en Cincinnati.

Ani Palacios Mc Bride

Ani Palacios es comunicadora. Nació y se crio en Lima, Perú. Estudió comunicaciones y periodismo en la Universidad de Piura y en la Universidad de Lima. Llegó a Estados Unidos en 1988 y trabajó en diversas organizaciones en periodismo, mercadeo y relaciones públicas. Dirige *Contacto Latino* y Pukiyari Editores. Ha obtenido el reconocimiento de la crítica literaria de los Estados Unidos ganando múltiples International Latino Book Awards, incluidos reconocimientos por mejor novela en el 2010 (*Nos vemos en Purgatorio* – primer puesto, ganándole al *bestseller* Paulo Coelho) y 2011 (*Plumbago Torres y el sueño americano* – tercer puesto). En el 2013 publicó la novela de inspiración espiritual, *99 Amaneceres*. Preside la Sociedad de Escritores de Columbus (Ohio, Estados Unidos). Ha presentado en conferencias universitarias y ferias del libro. A través de *Contacto Latino* lleva a cabo anualmente dos concursos literarios internacionales.

Amor de autobús

Patricia Gabela

¡Ahí viene, justo a tiempo! No puedo evitar los nervios que aceleran mi pulso haciendo que mi sangre fluya fuera de control por la emoción de subir al autobús. Es de noche como en aquella ocasión, es la misma ruta por la que pasé hace veinte años y que, desde ese entonces, he recorrido día con día, siempre a la misma hora, siempre en el mismo asiento. Este autobús, para muchos puede ser solamente un medio de transporte como parte de su rutina diaria, para otros algo impersonal y cotidiano, para algunos más algo ocasional que los lleva de un lado a otro. Para mí, representa la esperanza de encontrarme con mi pasado. Durante todos estos años he esperado siempre en el mismo lugar, no he fallado ni un solo día, así haga frío o calor, sople el viento o esté lloviendo.

Al abordar en el sitio acostumbrado, mi esperanza renace y cuando se detiene, dos paradas adelante de la mía, mi corazón late fuertemente y siento que me falta el aire, veo fijamente los rostros de cada uno de los pasajeros que se suben tratando de encontrar esos ojos verdes que me cautivaron aquella noche de primavera. Después, cuando se detiene en el punto que cambió mi vida, me bajo y, como si hubiera perdido una joya muy fina, recorro paso a paso cada centímetro de la calle, me detengo en la esquina, camino hasta llegar al árbol y de regreso, esperando encontrar algún rastro, algún indicio, alguna señal que me indique dónde puedo encontrar a aquel muchacho.

Recuerdo como si hubiera sido ayer aquella noche tibia de primavera, sin viento, el cielo limpio y despejado en el que se podían ver las estrellas y las constelaciones que formaban, y a la que alumbraba la luna llena. Esa noche precisamente, estaba cumpliendo dieciocho años y tenía unas ansias de libertad que necesitaba saciar. Dos de mis amigas y yo íbamos en el autobús, de regreso de la escuela, y estábamos platicando y riéndonos de nuestras bromas. Yo estaba sentada y mis dos amigas de pie. Entre risas y pláticas, el autobús se detuvo una vez más y ahí fue cuando vi subir a un joven como de unos veinte años, alto, de piel morena, cabello muy negro, largo y lacio hasta los hombros, y aquellos impresionantes ojos verdes. Se veía muy varonil con esos pantalones de mezclilla de corte recto y esa camisa azul claro que dejaban ver su esbelta figura. Él caminó por el pasillo y se paró justo a mi lado, yo no pude ocultar mi turbación, busqué sus ojos, sonreí, pero no volteó a verme, empecé a reírme con mis amigas, con una risa nerviosa incontrolable, mientras mis ojos inseguros e inquietos seguían buscando los suyos. Algo había en ese chico que me hacía temblar y querer estar cerca de él. El vehículo empezó a circular y él, para detenerse, decidió poner su mano en el respaldo del asiento adelante del mío. Mis amigas notaron que me gustó ese muchacho y decidieron colocarse una a cada lado de él para no permitirle el paso y obligarlo a que se tuviera que quedar ahí, junto a mí. *¿Lo toco o no lo toco?*, me preguntaba una y otra vez, tenía que decidirme pronto, tal vez él se bajaría en la siguiente parada, y entonces habría perdido toda oportunidad de sentir esa piel morena. En cuestión de segundos, y en un arranque de inconsciencia, coloqué mi mano sobre la suya, era una mano masculina y firme. Noté que esbozó una suave sonrisa mostrando unos perfectos dientes blancos pero aun sin dirigirme la mirada. Al tocar su mano sentí mi cuerpo vibrar y una corriente que me recorrió de arriba a abajo, entonces supe que él tenía que hacerme suya. Los pensamientos se arremolinaron en mi cabeza, comencé a imaginar formas en las que podría acercar mi cuerpo al suyo, tal vez si yo le cedía mi asiento, él me pediría que me sentara en sus piernas, o tal vez si me paraba junto a él con mi espalda hacia su pecho, él me tomaría de la cintura y apretaría mi cadera contra la suya, o quizás si me levantara repentinamente y pusiera mis labios junto a los suyos me correspondería con el beso que desataría la pasión. Yo sabía que algo tendría que hacer para que él se diera cuenta de lo mucho que lo deseaba. En lo que pensaba, y sin quitar mi mano de la suya, decidí abrir el primer botón de mi blusa, pero él no volteó, entonces decidí abrir otro; ahora, desde su posición, él podría ver perfectamente mi sostén y parte de mis senos. Sé que me miró, me di cuenta que movió la cabeza, sentí su mirada, aunque hubiera preferido sentir sus manos. Moví las piernas de un lado a otro y hacia arriba para que mi falda se subiera un poco y él pudiera ver mis muslos entreabiertos tratando de provocarlo. En ese momento me olvidé del lugar en el que estaba, los otros pasajeros desaparecieron ante mis ojos, solo estábamos él y yo. Mis amigas reían con picardía y en cada vuelta lo empujaban hacia mí, mientras yo seguía con mi mano encima de la suya, aprovechando que no la quitó de ahí. Él nunca volteó a verme a los ojos, ni siquiera una sola vez. Las vueltas hicieron que él acercara más su cadera a mi cara y yo pude percibir su aroma. Sentí que el calor invadió mi cuerpo, empecé a sudar, y mis deseos de sentirme mujer afloraron. No me importó quién era ni cómo se llamaba, solo quería entregarme a él en ese preciso instante.

Unas calles más adelante él caminó hacia la puerta del autobús y se bajó, y, en un movimiento irreflexivo, mis amigas y yo nos apresuramos a seguirlo. Yo tenía unos deseos enormes e incontenibles de sentir su cuerpo desnudo junto al mío, no me importó nada, ni el lugar, ni la gente, ni la moral, ni los principios, yo estaba húmeda y sabía que estaba lista para ese momento. Aquel joven comenzó a caminar y desapareció detrás de una esquina, mis amigas y yo apresuramos el paso, no quería perderlo de vista. Al dar vuelta a la calle lo volví a ver y entonces mis amigas corrieron a alcanzarlo para decirle lo que yo quería. Él, al principio, cuando ellas le explicaron, dijo que no, pero se las ingeniaron para retarlo y finalmente él aceptó. Mientras ellas hablaban con él, yo esperaba mirándolo fijamente, recargada en la pared y quitándome la ropa interior, era tal la excitación que temblaba y me estremecía por el deseo. Él finalmente accedió, se acercó a mí y tomándome de la mano me llevó a un lugar apartado en donde había un árbol con un tronco grueso. Mis amigas se pararon enfrente de nosotros y, aunque era de noche y no pasaba gente por ahí, ellas decidieron cubrirnos para que no nos viera nadie. Me apoyé contra el tronco y él recargó su cuerpo en el mío, desabotoné el resto de mi blusa y abrí las piernas invitándolo a explorarme. Él deslizó su mano por debajo de mi falda y al darse cuenta de que estaba lista, desabotonó y bajó el cierre de su pantalón que cayó hasta sus rodillas, y sin más preámbulo, en cuestión de segundos estaba dentro de mí. Cada movimiento hacía explotar mis sentidos. Unos cuantos segundos fueron suficientes para que yo alcanzara el clímax y él unos momentos después. Duró tan solo un suspiro, no recuerdo bien cuánto tiempo, pero en ese momento supe que ese fue el mejor regalo de cumpleaños que pude tener. Nunca volteó a verme a los ojos, no tuve tiempo de analizar las facciones de su rostro, ni le pude preguntar su nombre ni decirle el mío. Fue tan rápido que apenas y pude ver su silueta. En cuanto todo terminó, y sin pronunciar una sola palabra, él se dio la vuelta y se fue, y yo, me quedé ahí con mis amigas todavía recordando el momento y arreglándome la ropa y el cabello. Los sentimientos de vergüenza y remordimiento se mezclaron con los de placer y satisfacción, las lágrimas rodaron por mis ojos, unas de arrepentimiento y otras de alegría, pero lo hecho, hecho estaba y no había forma de mirar atrás.

Las tres nos fuimos de ese lugar, nos subimos a otro colectivo y seguimos nuestro camino. Desde ese día, he regresado una y otra vez esperando encontrarlo nuevamente, quizás solo para recordar, quizás solo para verlo, quizás para repetir la aventura, quizás para algo más serio... y aun ahora, después de estos veinte años, no pierdo la esperanza de algún día volver a ver esos ojos verdes que un día despertaron la inconsciente locura de un amor de autobús.

El pacto de Jacinto

Amílcar Araujo

Los ciento treinta kilogramos en su uno cincuenta metros de estatura dan testimonio de los excesos de Jacinto. A los treinta y cinco años no tiene interés en conseguir un trabajo pues vive a expensas de sus padres. Muy afecto a las parrandas y a la bebida, durante una borrachera en la playa en su último viaje a Veracruz, conoció a un brujo que le aseguró que si seguía un procedimiento mágico, el diablo le concedería tres deseos.

Jacinto, entusiasmado, regresó a su casa resuelto a obtener las cosas que él tanto deseaba: dinero, sexo y… más sexo. Esperó a que sus padres estuvieran fuera de casa por unos días y se aprestó a seguir las instrucciones que el chamán le garabateó en un pedazo de papel arrugado y sucio: «Debes prender 666 velas negras». Conseguirlas no fue fácil, pero en el Internet se consigue lo que sea. Seis cajas, cada una con 100 velas negras, llegaron pronto. Jacinto firmó la entrega y se frotó las manos con emoción. Faltaban 66 velas que llegarían una semana después. No quiso esperar y lo único que consiguió fueron velas rojas en una tienda cercana. Llegando a su casa se aprestó a cubrirlas con pintura negra que encontró en el garaje.

«Debes dibujar un pentagrama con cenizas de un ser viviente», decía la siguiente instrucción. «*Sorry* Pericles», dijo sin mucha congoja y Jacinto metió al horno de microondas al perico de sus padres hasta que el pobre animal se calcinó. Movió muebles para hacer espacio e inició el trazo del cabalístico símbolo, la estrella de cinco puntas, pero las cenizas de Pericles no fueron suficientes y tuvo que complementar con algunos paquetes de alitas de pollo estilo Búfalo que encontró en el congelador.

La tercera instrucción decía: «Tienes que violar a una doncella dentro del pentagrama a la medianoche». Jacinto pensó en Filomena, la graciosa sirvienta de la casa que en varias ocasiones había accedido a acostarse con él. *Pero no es una doncella*, pensó. *¡Bah! Quién se fija en esas pequeñeces hoy en día*, se dijo y salió a buscarla.

—Filomena, hoy es nuestra noche de pasión —dijo Jacinto teatralmente.

—Lo siento joven Jacinto, pero hoy es mi tarde libre y a las dos me voy.

—No puedes hacerme esto, hoy no están mis padres y es nuestra oportunidad de amarnos sin medida… —insistió Jacinto parafraseando una conocida canción.

—¡Pues será el sereno! Pero yo tengo planes para esta tarde.

Piensa rápido, se dijo Jacinto, tomó un sartén y golpeó a Filomena en la cabeza, dejándola sin sentido y la arrastró para confinarla en la alacena.

Jacinto acomodó las velas sobre el piso, la mesa y los muebles de los alrededores y procedió a encenderlas.

—Abra la puerta —se oyó la voz de Filomena y siguieron unos golpes provenientes de la alacena. Jacinto la abrió y le dijo que se había caído y golpeado en la cabeza.

—Con razón tengo este chipote en la nuca —dijo Filomena, sobándose la parte posterior de su cabeza y todavía aturdida.

—Filomena, quítate la ropa para que nos amemos aquí en el piso de la sala.

—¿Está loco? Yo me voy, tengo cosas que hacer.

¡Pow! Otro sartenazo, y Filomena cayó desvanecida. Jacinto le quitó la ropa y la acostó en el centro del pentagrama. Ahora sí, casi todo estaba listo... excepto la última instrucción de la lista. «En cada punta del pentagrama debes derramar 6 gotas de semen. Al caer la última gota, llegará quien esperas», se leía en el papel, pero había algo más que no era muy legible porque Jacinto, tratando de curarse una fuerte cruda, derramó café sobre él. Lo único que se podía descifrar eran las palabras «ten cuidado...», tal vez una advertencia que Jacinto estaba dispuesto a pasar por alto.

A las doce en punto, Jacinto ya desnudo, se abalanzó sobre el cuerpo inconsciente de Filomena, quien poco a poco recuperó la conciencia.

—Filomena, mi amor, tuviste un orgasmo tan intenso que te desmayaste.

—¿Entonces por qué tengo estos dos chipotes en la nuca? —respondió la dama con cero romanticismo y una fuerte jaqueca.

Jacinto puso delicadamente su mano sobre los labios de Filomena:

—*Shhh*, no hables y déjame seguirte amando.

Filomena alcanzó el clímax y sabía que a Jacinto le gustaban los orgasmos dentro de su boca, así es que se dio a la tarea y Jacinto olvidó por completo las instrucciones. Una vez que Jacinto se recobró de tan intensa actividad, gritó tratando de culpar a su compañera:

—¡Me lleva el diablo! Tengo que completar el rito. Filomena, ¿qué has hecho?

—Pues lo que tanto le gusta joven Jacinto —exclamó inocentemente mientras se vestía.

—No, no te vayas, todavía hay tiempo —rogó Jacinto.

—Pues me perdona. Porque debí de haberme ido hace horas, todavía alcanzo el metro, así es que, hasta el lunes —dijo Filomena mientras salía y cerraba la puerta desde fuera.

«No, no puede ser, ¿y ahora qué hago?», exclamó el solitario personaje.

«¡Masturbación!», dijo y se dio a la tarea logrando un par de orgasmos más, obteniendo unas gotas para tres picos del pentagrama, pero el dolor en los testículos ya era agudo y no podía seguir forzando la maquinaria.

¿Qué hago? ¿Qué hago?, se dijo. Y entonces una idea llegó a su mente: ¡yogur! Corrió al refrigerador no sin antes patear accidentalmente algunas velas en su camino, agacharse a colocarlas rápidamente en su lugar y volverlas a prender.

«¡4, 5,… y 6!», dijo cuando dejó caer la última gota de yogur en el último pico. Cerró los ojos esperando que una nube de azufre y fuego surgiera del mismo averno y Satán emergiera con sus típicos cuernos y tridente.

Nada sucedió, pero a los pocos segundos alguien llamó a la puerta.

«¿Quién podrá ser a esta hora?», se preguntó Jacinto molesto mientras se ponía los calzoncillos y se disponía a abrir.

—¿Qué quiere? —dijo Jacinto bruscamente al visitante.

Era un hombre alto, delgado, de nariz prominente y ojos un tanto amarillentos. Estaba impecablemente vestido, con un traje negro y una corbata de seda roja, cabello engomado y peinado para atrás, como salido de una revista de modas.

—¿Jacinto?, soy yo, a quien esperas.

—Yo no espero a nadie y menos a esta hora —respondió Jacinto enojado.

El visitante guiñó el ojo, la cadena de seguridad de la puerta se partió y el extraño la empujó y entró.

—¡Voy a llamar a la policía! —gritó Jacinto amenazante, con su índice apuntando al extraño mientras éste echaba un vistazo a la ambientación que el invocador había creado.

—¡Si serás torpe Jacinto!, me has estado llamando toda la noche y ¿todavía no sabes quién soy?

—Tú eres…

—Sí, yo soy.

—¿Y los cuernos, el azufre y la cola de lanza?

—Esos son mitos para desprestigiarme —dijo el demonio sacando una pequeña libreta empastada en piel y un fino bolígrafo.

—A ver, veamos… 666 velas negras, mmmm… 600 reales y 66 pintadas. Te lo acepto, eres un pícaro con recursos. El pentagrama con cenizas de… Pericles… y alitas de pollo estilo Búfalo. No muy ortodoxo, pero es mi estilo favorito. Mientras el recién llegado veía si los requisitos estaban cumplidos, Jacinto estaba incrédulo y paralizado, sin entender qué pasaba; con una mezcla de vergüenza por no haber cumplido con lo básico y de sorpresa al darse cuenta que estaba frente al mismísimo rey del infierno.

—Fornicar con una doncella, ¡Jacinto! Filomena puede ser todo menos una doncella.

—Pe-pe-pero era la única…

—*Shhh* —interrumpió autoritariamente el visitante mientras se ponía en cuclillas cerca de uno de los picos de la estrella del pentagrama.

—...tres, cuatro, cinco y seis gotas de... —tocó el blancuzco líquido con su dedo largo que terminaba en una uña puntiaguda y lo llevó a su lengua.

—...de yogur. ¡Jacinto! Eres el ser humano más torpe, mentiroso y tramposo que he conocido —hizo una pausa el demonio—, pero me caes bien porque ejercitas los siete pecados capitales regularmente y te voy a... conceder tres deseos.

—¡Gracias, gracias! —gritó Jacinto levantando los brazos en señal de celebración.

El demonio hizo un gesto con la cabeza como diciendo «te escucho».

—Eh, bien, bien... mi primer deseo es... quiero tener un miembro tan grande como el de ese caballo —Jacinto apuntó hacia la pared donde su padre, muy afecto a las carreras de caballos, había colgado las fotos de aquellos corceles campeones que le habían permitido ganar en las apuestas. El visitante, después de un chasquido de dedos, hizo una señal para indicar a Jacinto que su deseo se había cumplido. Pero Jacinto sintió que algo no estaba bien, no notaba un largo pene que colgara por fuera de sus calzoncillos tipo bóxer. Se aprestó a desabotonarlos y con pánico vio que en vez de un órgano masculino había una hendidura enorme rodeada de cabello áspero entre sus piernas.

—¿Qué clase de broma es esta? —gritó Jacinto desesperadamente.

—He cumplido tu deseo —dijo con tranquilidad y cinismo el demonio mientras se echaba un vistazo a las uñas de la mano.

—Pe-pero, ¿qué voy a hacer con esto?

—Bueno, viéndolo desde un punto de vista positivo, puedes disfrutar el sexo con algunos machos del reino animal como caballos, burros, y tal vez con elefantes y rinocerontes... sí, por qué no, elefantes y rinocerontes, debe ser divertido —Lucifer casi no podía contener la risa, se estaba divirtiendo de lo lindo con la estupidez de Jacinto—. Para tu información, el 'caballo' que escogiste es una yegua. Tienes otros dos deseos...

—Maldito, hijo de puta...—gritó sin poder contener la rabia que sentía contra el visitante, sin razonar que su propia torpeza lo tenía en esa posición.

—Está bien, todavía tengo dos deseos y quiero que me devuelvas lo que tenía.

Otro chasquido de dedos y Jacinto respiró tranquilo al ver que la descomunal vagina daba paso a su pene que apenas podía distinguir más allá de su prominente abdomen.

—Te queda un deseo... —canturreo Satanás.

—Lo sé, lo sé...—repitió el pecador, ya molesto por haber desperdiciado dos deseos—. Quiero, quiero todo el dinero del mundo.

Un chasquido de dedos del demonio siguió a su petición. Del techo de la habitación caían monedas de todas denominaciones, grandes y chicas. Era una cascada de metal que golpeaba el cuerpo semidesnudo de Jacinto.

—¡Ay, ay! —exclamaba de dolor ante el constante impacto de ese torrente de monedas—. ¿Qué no puedes cambiar estas monedas por billetes? —pidió mientras su voz se hacía casi inaudible por el ruido ensordecedor del metal que fluía y caía al piso golpeando las monedas que se empezaban a acumular ya a la altura de sus rodillas.

El visitante hizo una seña tocándose su oreja, que era ligeramente puntiaguda, con su largo dedo índice y medio cerrando los ojos, como indicando que hacía un esfuerzo por escuchar lo que Jacinto decía pero fingía no oírlo.

El dolor era insoportable, el cuerpo del pecador se cubría de moretones púrpura, el golpeo constante de las monedas sobre su cabeza lo hicieron perder el sentido y cayó mostrando varios hilos de sangre que corrieron por su cara.

***

Horas más tarde, al salir el sol, los bomberos trabajaban arduamente para apagar el fuego que consumió esa casa en el vecindario. El voluminoso cuerpo de un hombre bajito completamente calcinado era colocado por los paramédicos en una bolsa de plástico.

Los peritos, dada la evidencia, dijeron que el cuerpo encontrado fue víctima de un rito satánico. Un joven bombero, removiendo los escombros, encontró un arrugado papel levemente quemado en los bordes, con una lista de instrucciones y con una extensa mancha de algo que parecía café. Al final de la lista, bajo la mancha, apenas visible se alcanzaba a leer: «...ten cuidado, el diablo tratará de engañarte con tal de llevarse tu alma. Tú tienes que ser más inteligente que él...». El joven voluntario, esperando no ser visto, guardó el misterioso documento en su bolsillo mientras un extraño personaje, entre la multitud, lo veía con una sonrisa que podríamos calificar como... diabólica.

La Ceiba

Marisol Rodríguez

Los niños de primaria tropezaban con sus grandes raíces. Estas parecían abrazar el suelo con rebeldía. Los adolescentes se escondían detrás de su tronco áspero. Fue testigo del morbo y de la desilusión. Sus ramas se extendían interrumpiendo los rayos del sol, dándole al abuelo una excusa para su juego de dominó en plena tarde tropical.

La ceiba, al igual que mi bisabuela, no tenía acta de nacimiento. Estaba tallada por el tiempo. Asiló generaciones de pitirres, comejenes, abejas, ratones y escarabajos. No hubo animal que no encontrara posada en algún lugar de aquel árbol gigante. La ceiba guardaba su secreto celosamente. Solo la bisabuela sabía que era un nicho. Fue en un día en que los vientos alisios silbaban en las rendijas de las trancas de las ventanas que la bisabuela me contó su historia.

La bisabuela dijo: «En ocasiones el recuerdo se abalanza sobre las sienes del tiempo. Sin el pasado, los ancestros no tienen vida. El pasado se arremolina para brindarnos el presente». No entendí lo que dijo, sus ojos tenían un brillo misterioso, hipnotizante. Mi bisabuela, al igual que la ceiba, parecía extenderse más allá de este cielo. En sus manos arrugadas como en las raíces del viejo árbol pulsaba la vida misma.

De pequeña me sentaba a jugar con sus dedos. Este era el modo en que lograba disimular lo que realmente me cautivaba: las venas que sobresalían en sus manos. En mi imaginación infantil la abuela tenía pequeñas serpientes bajo su piel que se palpaba como el papel de arroz con que se envolvía el pan de la panadería de don Pedro. Yo pasaba horas muertas trazando sus venas. La yema de mis deditos perseguía las rutas de los pequeños reptiles hasta perderlos en las coyunturas de los dedos. Allí se escondían con agilidad y reaparecían una y otra vez. Mientras jugaba con sus venas me dijo: «Antes que las serpientes llegaran a mi cuerpo, yo tenía los deditos como tú, mi barriga llena de lombrices y los pies descalzos». En ese momento me imaginé miles de lombrices retorciéndose en mi estómago y me espanté de solo pensarlo. Sentí ese pánico que domina la mirada y deja el cuerpo en escalofríos. La bisabuela continuó su relato.

—¿Ves esa raíz que parece levantarse de la tierra y contener el tronco? Mi madre eligió que yo naciera en ella. Tu tatarabuela me dijo que no tuvo que preocuparse para que yo comenzara a respirar. Una hormiga brava se encargó de que yo diera mi primer grito.

—Ay abuelita Pepita, ¿y te rascastes?

—¿Qué si me rasqué? Mija' la partera se asustó y pensó que alguien me había hecho un mal de ojo. ¡Dicen que me parecía al rabo de un lagartijo cuando se lo cortan!

—Abu, y… ¿cómo es eso?

—Me restregaba contra la tierra. Parecía saltar más que el agua cuando cae en la manteca.

—¡Ea rayo! ¿Y te llevaron al doctor?

—¡Qué doctor, ni qué doctor! La partera cogió hojas del árbol, las machacó con una piedra y me las puso. Eso me dijo ella misma mucho tiempo después. Desde entonces tengo una guerra amigable con las hormigas. Por eso, cada vez que hago dulce de coco con piña dejo un poco debajo de la ceiba. ¡Para que no se les ocurra volver a picarme!

—¡Ay abuela si no son las hormigas quienes se lo comen, que son los hijos de Jacinta!

—No me digas.

—¡Sí, sí! El olor de piña y coco cociéndose con la canela les avisa. Luego espían entre las ramas hasta ver el dulce solito. Y, ¡a comer se ha dicho!

—¿Cómo lo sabes?

—Un día escuché un grito. Radahmés se había caído. Además, siempre se quejan de las hormigas. Creo que son un poco tontos.

—No, hija. Es el hambre que nos ha hecho comer de todo.

Mi bisabuela se quedó con la mirada ida. Recuerdo no haberme atrevido a decir ni una palabra. Luego de unos minutos me puso una mano en la cabeza, mientras señalaba a la ceiba con la otra. «Este árbol es un altar. Nací entre sus raíces. Crecí bajo sus ramas. He llorado y he reído en su tronco. Mi iglesia está aquí, entre esta tierra caliente y la ceiba. Cuando ya no pueda ponerles dulce a las hormigas, y las serpientes en mis manos regresen a la tierra, vuelve a este árbol. Aquí siempre me encontrarás». Ese mismo día desapareció el árbol de ceiba y se construyó una catedral en el jardín de mi infancia. Desde entonces, le ayudaba a la bisabuela a rayar el coco, cortar la piña, batir el dulce, tenderlo, cortarlo y llevarlo a las hormigas.

Han pasado décadas desde aquel día. Hoy me detengo frente al gigante. Hago mi genuflexión, respiro hondo, cierro los ojos, escucho el susurrar de las hojas, dejo que el recuerdo me transporte. Disfruto el momento en el cual me reconozco en la ceiba tal como si fuera un espejo. Coloco mi ofrenda de dulce de piña y coco. Siento algo encima de la cabeza y me sonrío. De repente escucho el restallar de una ficha de tranque sobre la mesa de dominó y alguien diciendo: «¿De dónde han salido estas hormigas?». Casi me topo con el tronco al escuchar una segunda voz: «¡Cuidado con las hormigas!». Abrí los ojos, baje mi vista. Pensé; yo también tengo pequeñas serpientes en mis manos.

A oscuras, a escondidas...

Ángeles Casasola

Respiro el viento en mi cara, cierro los ojos mientras acaricio con mi pensamiento su silueta, pero al abrirlos no está más. Suelo recordarla siempre con esos versos de amor, siento su pasión, y ese espíritu indomable que me enloquecía. Apenas ayer la tuve aquí en mis brazos, ahora es como una estrella lejana, muy lejana, se fue y no volverá mi amada.

***

Era pleno siglo XVII. La ciudad, San Miguel de Nepantla. El año preciso, 1667. Vivía la hija del virrey Fernando Lara de Manrique; su nombre era Luisa, la futura condesa de Domínguez.

—¡Vamos niña! —escuchó la voz de su nana Macaria, una mujer mestiza de edad avanzada y aspecto dulce—. Si no te apuras tu padre no te dejará leer por la tarde, sabes que no le gusta que te demores para el desayuno.

A Luisa le gustaba dormir plácidamente, no quería levantarse, y mientras nana Macaria le daba toquecitos en el cuerpo para aprestarla a recibir el día, ella se revolvía entre finos lienzos encimeros de muselina y bajeros de algodón relleno de lana de cabra.

Estaba ensimismada en sus recuerdos. Sentir la muselina, transparente, suave y vaporosa le estimulaba el amor pasional y el buen dormir.

Susurraba bajito a su nana una y otra vez mientras abrazaba sus sábanas:

—Me gusta dormir porque puedo soñar, es mucho más sencillo; vuelo y tengo libertad en todo.

Macaria asentía. Le servía fielmente en todos sus gustos y guardaba celosamente sus más íntimos secretos.

Luisa tal vez era un poco caprichosa y consentida pero inteligente e idealista. No creía en el matrimonio, y solía escribir y leer cosas consideradas inapropiadas para una dama. Aun así, su matrimonio había sido arreglado como era la tradición. En poco tiempo se casaría y se convertiría en la condesa de Domínguez, una distinguida señora de la realeza de la Nueva España. Por eso para ella era mejor dormir, así no sentiría esos días tan temidos.

—¿Qué día es hoy mi querida nana? —preguntó Luisa con voz adormilada.

—Hoy, mi niña, es tu día preferido. Escucha afuera: los ruiseñores cantan, hay hermosas flores y los campos han cambiado su color. Todo es más alegre —dijo Macaria corriendo las cortinas para que entraran los rayos del sol—. ¡Mira! Luisa: ya es primavera! —gritó feliz la nana.

Pero Luisa no respondió. Parecía haber olvidado que aquella era su estación favorita.

—Pero... ¿cómo estar feliz si en dos días será el fin de mi vida? —dijo casi a punto del llanto Luisa—. Esto es lo más amargo que me ha pasado en toda mi vida. Mi padre no entiende de amor, solo de posiciones sociales a las que hago burla pues se afanan en demostrar algo que jamás serán, con su costumbre de jerarquizar las clases, y su aristocracia, según ellos de la alta sociedad, envueltos en sus atuendos finos importados de Europa... ¿Recuerdas cómo comenzó todo nana?

—Sí lo recuerdo niña. ¡Uy sí!, tuve que mentir pues llegaste muy tarde y casi me corren de la casa. Pero siempre podrás contar conmigo mi pequeña —dijo dulcemente Macaria—. Fue en esa reunión de tus amigos los poetas, donde ibas a escondidas de tu padre... pero nunca me has contado cómo pasó todo... Dijiste que un día lo harías —dijo sonriente la nana mientras sus manos doblaban sábanas limpias.

Luisa se dispuso por fin a levantarse mientras su querida nana Macaria le preparaba su glamoroso y fino vestido, digno de una princesa.

—Vamos, te ayudaré a cambiarte niña Luisa mientras me cuentas todo —dijo la nana.

Luisa se lavó la cara y perfumó su cuerpo mientras su nana alistaba la vestimenta de color azul, lo último de la moda española, realmente monumental. Luisa no disfrutaba el diario calvario de vestir así. Y es que mientras otras mujeres darían todo por ser como ella, la hija del virrey no era una mujer cualquiera.

Para Luisa era un verdadero vía crucis sentir caer sobre su piel todo ese peso de telas finas. Sintió sobre su cuerpo una camisa sumamente adornada con encajes, de mangas amplias y voladas, sujeta por un corsé que estrechaba su breve cintura sobre el cual se colocó el jubón, especie de chaleco, que llegaba con sus mangas hasta los codos, se adhería al cuerpo, y tenía un amplio escote, que, destacaba las bellas líneas de Luisa. Sobre aquel, Macaria la ayudó a colocar una cotona de tela transparente muy fina que unía la parte delantera y la trasera con cintas atadas. Tratando de hacer incluso más suntuosa la imagen de Luisa, la adornó con collares de perlas, de los cuales sobresalía uno que tenía un pendiente en forma de cruz.

Mientras se ponía las medias de seda que le llegaban hasta encima de las rodillas y solo iban sujetas con un portaligas, Luisa no pudo evitar estremecerse y recordar las manos tibias de su amor.

—Vamos, no suspires niña —le urgió la nana mientras le acercaba el calzado que usaría ese día: unos zapatos de tela muy fina, como la seda, con hebillas y detalles en hilos de oro

Ya casi para terminar, venía la parte más incómoda: colocar bajo su falda las enaguas con volados y puntillas en la parte inferior, para que se apreciaran al levantarse el faldellín. Y por fin la última prenda, el delantal, levantado por ese horrendo e incómodo miriñaque.

Luisa dejó que su nana le peinara el cabello negro, haciéndole unos rizos que luego ornamentó con cintas, alfileres de plata, flores frescas y un peinetón, el cual sostenía un manto para cubrir los hombros y la cabeza. La combinación se veía esplendorosa, enmarcando la tez pálida de Luisa armonizando con su figura elongada y esbelta.

—¡Por fin terminamos! —suspiró Luisa.

—¡Luce hermosa como siempre, señorita Luisa! —dijo embelesada la vieja nana.

—¿Sabes nana? Todavía recuerdo ese día. Me sentía feliz. Era el inicio de la primavera, como hoy. La diferencia es que estaba contenta porque asistiría a una reunión donde se rumoraba que estaría ella… y tenía la esperanza de poder verla en aquella ocasión y escuchar de su propia voz un poema hermoso, de esos que solo ella podía escribir.

Mientras le contaba la historia a su nana la vista de Luisa volaba y se perdía en el infinito, era una mirada de una enamorada. El campanario daba pasadas las cinco de la tarde, acababa por fin la hora de la siesta; las calles se llenaban con gente platicando o simplemente paseando por la ciudad. Era el tiempo en que iniciaban las reuniones sociales en casa de algún conocido y fue ahí donde estaba yo. Cuando entré a la mansión todo estaba reluciente, lleno de alegría, había muchos invitados, todos poetas, se escuchaba de literatura y de música, de las últimas noticias de España y de muchas cosas más. Pero a mí el corazón me latía como desbocado, únicamente me interesaba escuchar sus poemas, aquellas redondillas que me robaban el sueño. En ese momento llegó ella. Tenía una hermosura que me deslumbró, pero fue su inteligencia, su modo de ver la vida, lo que me cautivó desde el primer instante. Me acerqué a mi buen amigo, el poeta Manuel de Lerdo, y le pedí me presentara con ella. Él me llevó ante ella. Yo temblaba. Bastó con que rozara mis manos para que yo supiera que la amaría eternamente. Esa tarde quedé cautiva de su voz y de su filosofía. Mientras ella comenzaba a leer sus redondillas, yo podía imaginar mil cosas. Si mi padre hubiese visto aquello, ahora estaría en el convento tal vez haciéndole compañía, y bien daría mi libertad por un beso de su boca —suspiró Luisa—. Era mi amor platónico nana, solo eso, nunca debemos revelar este secreto, pues bien sabes que terminaría recluida en uno de esos fríos claustros.

Luisa guardó silencio y una lágrima rodó por su mejilla.

Un toquido en la puerta las despertó de su ensueño, era su padre avisándole que en el salón le esperaba su prometido.

Luisa cumplió con las promesas sociales de su padre. De día, vistiendo como realeza y paseando con quien pronto sería su marido. De noche, amando a su poetisa, a oscuras, a escondidas, en silencio, calladamente.

¿Quiénes somos?

Enrique Infante

Luis apagó las luces del cuarto y del corredor para irse a dormir; pero decidió revisar su correo electrónico una vez más y ver si Sofía, su mujer, estaba conectada. Al encender la computadora y entrar en Facebook, vio que en el lado derecho, en la parte inferior de la pantalla, la lucecita habitual de color verde lo invitaba a presionarla; como rogándole que le abra la ventanita. Luis movió el ratón y al abrir se encontró con Lila; la amiga entrañable de la adolescencia a quien no veía hacía mucho tiempo. Luis y Lila estudiaron juntos en el nido en un barrio a las afueras de Santiago. Luis le había declarado su amor a Lila en varias oportunidades durante la secundaria, mas Lila nunca había aceptado pues no sentía ninguna atracción hacia él.

Desde que Luis se hizo ingeniero industrial se puso a buscar trabajo y gracias a que hablaba tres idiomas, por sus abuelos extranjeros, consiguió los mejores puestos de trabajo en su campo y al cabo de un tiempo se mudó a Londres.

En esa fría ciudad Luis se sentía más solo que nunca. Estaba lejos de sus hijos, quienes se habían quedado con su mamá en Santiago a esperar a que terminen las clases e intentar un nuevo paseo de vacaciones a la ciudad europea. Faltaba mucho aun para que eso suceda. En Chile era verano y en Inglaterra, el frío acechaba fuertemente. Esto hacía que las noches para Luis se volviesen interminables, solitarias y aburridas.

Lila era profesora de niños especiales y había llegado a publicar varios libros, gracias a programas de ayuda social y a becas que obtuvo en la universidad, por ser una alumna sobresaliente. Ella se divorció de Charly el año anterior y desde que eso sucedió, cayó en una depresión tal que la hizo bajar de peso de forma abrupta. Su ex marido siempre fue muy abusivo con ella. La gritaba por todo. Cuando nació su único hijo, Jonás, Charly se convirtió en un ogro y obligaba a Lila a atenderlo todo el tiempo. Su carácter era de lo peor y ella se sentía como una esclava a su lado.

Luis y Lila empezaron a charlar y decidieron encender la cámara de video. Pareciera como si el destino hubiera puesto a los dos juntos en ese preciso instante en que más lo necesitaban. La conversación se tornó tan agradable que al cabo de cuatro horas y con los ánimos bien puestos, Luis decidió tocar nuevamente el tema del gusto que siempre sintió por Lila. Ella, por su parte, y tal vez por la necesidad de amor, su madura adultez y la lógica depresión de sus años, se dejó llevar sin aspavientos y con la sola idea de divertirse un rato. Hacia el final de tan amena conversación, Luis le propuso algo: primero le prometió que en la siguiente vez que se vieran personalmente él se le acercaría sin decir palabra alguna y la besaría en los labios. Lila le dijo que tampoco pronunciaría palabra alguna y simplemente le devolvería el beso. Los dos asintieron.

Se sentían animados y, de algún modo, afortunados por haberse encontrado nuevamente. Se sentían contentos y decididos a hacerlo. Nunca se conversó de las personas con las que ambos podrían estar involucrados, pues realmente el hecho de ser descubiertos sería la acabose.

Pasaron seis largos meses en los que los encuentros *online* se convirtieron en la más hermosa rutina para ambos. Aun con la diferencia de horas, siempre encontraban la manera de verse aunque fuera por tan solo unos minutos. La obsesión que ambos tenían hacia los ordenadores era inmensa y poco se podían controlar ante la tentación de no encenderla ni por solo un día siquiera.

Las noches eran perfectas para sus encuentros. Se podían conectar desde las nueve de la noche, hora en Santiago, que eran las dos de la mañana en Londres. Luis trabajaba desde su casa y a esas horas Lila ya había acostado a Jonás.

Pronto se presentó la oportunidad de leer un cuento erótico conjuntamente. El relato los puso muy a tono con el momento.

—¿Y si yo te hiciera algo así? —preguntó Lila, con esa sonrisa seductora; abriendo incluso más sus lindos y grandes ojos pardos caramelo, que hacían juego perfecto con sus finas cejas y pestañas.

—No sé, tal vez no me quede más opción que dejarte hacerlo —replicó Luis entusiasmado y algo nervioso por la pregunta.

Se pusieron cómodos y luego de las palabras de rigor: "Te echo de menos," "te extraño," "como quisiera estar contigo en estos momentos;" decidieron profundizar en el tema anterior.

—Sácate la blusa —pidió Luis.

Ella lo hizo inmediatamente; pero de forma lenta y suave.

No llevaba sostén y sus senos se alumbraban con la tenue sombra del dormitorio. La temperatura de ambos subió, a ambos lados del Atlántico las alcobas se calentaban.

Enseguida Luis se frotó por encima del pantalón…

—¿Qué haces? Muéstrame… —preguntó Lila curiosa.

Luis tomó la pequeña cámara de video y sin sacar al "invitado de turno," decidió ponerla contra la luz para que se viera la "hinchazón" que llevaba ahí abajo. Lila por su parte, sacó la lengua haciendo gestos de estarla lamiendo. Luis le pidió entonces que ella hiciera lo propio con la cámara y su ropa. Lila se paró de la silla un instante y se cercioró que la puerta del cuarto estaba cerrada completamente. Al volver, agarró la cámara y la bajó hasta su vientre, de modo que Luis pudiera ver bien. Lila llevaba puesto un calzoncito amarillo con greca de color blanco y diseños de flores rojas opacadas por el uso y las lavadas. Aunque Luis no se daría cuenta de eso, ella lo pensó por un instante; pero no le importó y siguió con el acto.

—A ver, a ver ¿qué parte quieres ver? ¿Arriba o abajo? —preguntó una Lila acelerada.

—Muéstrame todo… —pidió él.

Ella bajó la cámara despacio y con los reflejos de la pantalla de la computadora Luis observó la candente entrada de Lila, que esta abrió con sus dedos, dejando ver sus labios rojos deseosos por él. Era el momento exacto para sacar al invitado.

Mirándose el uno al otro y sin tener tiempo para sacarse toda la ropa, mientras sus mentes iban a toda velocidad en su afán de llegar más lejos, decidieron proseguir con la encantadora sesión cibernética. De un lado se veía la concha roja de Lila haciendo contraste con la luz amarillenta del cuarto y las imágenes de la pantalla de la computadora. Luis quería poder enseñar lo suyo del otro lado. No se aguantó y sacó su enorme falo, colocándolo a la altura del monitor en donde ella pudiera verlo en todo su esplendor. Lila cerró los ojos entonces y Luis no quiso cerrar los suyos. El miembro de Luis, dejaba notar sus venas marcadísimas en los lados y la cabecita roja como el de una ciruela, palpitante y en perfecto ritmo con los pensamientos conectados; que a cada estimulación, le seguía el movimiento de caballo sin riendas, queriendo entrar, seguir y alcanzar.

Luis le pidió que encendiera la luz. Lila no lo hizo por cierta timidez natural de toda mujer, mezcla de pena y pudor. Decidió prender el televisor para iluminar la habitación. Luis se volvía loco, mientras trataba de estar calmado al mismo tiempo. Emprendieron el viaje y entre frotaciones y jalones, bocas anchas y desgarros de piel; se fueron adentrando a la selva geométrica de sus cuerpos infinitos. En ese instante perdieron la noción del tiempo y la idea de verse para tan solo darse un beso era ya una cosa demasiada boba. Era obvio que habían desarrollado una conexión, un entendimiento y un amor de alguna manera, basado en la necesidad y en el hecho de estar tan lejos el uno del otro.

***

Cuando Luis me contó esta historia, sentí pena por él. Sofía, su mujer, conoció a otro hombre ese mismo año en el que Luis le había prometido regresar a visitarlos. Sofía decidió dejar a Luis para siempre. Él no quiso viajar, ni por Lila siquiera. Se deprimió tanto que cayó enfermo y a punto de quitarse la vida, colgándose del cuello con su propia correa en una tarde de domingo. Sus vecinos lo salvaron, al darse cuenta mientras regresaban de hacer compras. El tonto de Luis no había cerrado las cortinas y en medio de su borrachera no se dio cuenta de la hora ni del color de cielo. Los vecinos, que hablaban el español muy bien, me llamaron por teléfono pues Luis me había puesto como contacto en casos de emergencia.

Yo estudié con Lila en la universidad y cuando la vi, me contó que iría a verlo; pero nunca encontró los medios. La comunicación entre Luis y Lila, paró en seco y de forma muy abrupta, cuando Luis se enteró que Sofía lo dejaría. No sé qué será de la vida de Luis en estos momentos.

Mundo que da muchas vueltas. Sofía dejó a Luis por mí. Lila lo supo desde siempre, pues Sofía es su hermana.

¿Quiénes somos realmente?

Jeremiah Twingle

Ani Palacios

De pequeña le tenía miedo a casi todo. El crujir de los tablones de madera en la noche. Las voces de fiestas pasadas y de velorios que quedaron impregnadas en las paredes del salón de visitas. El sonido de disparos a lo lejos. La idea de quedar huérfana. Pisar fuera del cuadrado en las mayólicas relucientes de los pasillos del colegio de monjas en donde dejé doce años de mi vida. La gordura. Nunca crecer lo suficiente y que mi padre cumpla con su promesa de venderme al circo por retaca. La luz de la luna reposando fuera del espacio enmarcado por la puerta del ropero entreabierto. Mi abuela saludándome con un «Pero qué gorda estás». Los camiones rojos.

Años después, un psiquiatra catalogó todos aquellos temores como infantiles y supersticiosos; y triunfante me declaró 'curada'.

Viví curada por décadas. Venciendo miedos al enfrentarlos. El miedo a los perros lo conquisté comprando el más grande que encontré en la tienda de mascotas. El miedo a las películas de terror, viendo tantas como pude; hasta que me volví adicta. El miedo a la vida, viviéndola. Pensé que ningún miedo jamás me doblegaría. Jamás, hasta el día en que un mensaje corto apareció en mi Skype: «Me han destacado en Irak. Me siento solo. ¿Me ofrecerías compañía en estas noches largas?». *Qué raro éste*, pensé, *buscando compañía de extraños*.

Era ya pasada la medianoche y yo estaba desvelada. Entré al Skype para ver el perfil del misterioso que dizque quiere ser mi amigo.

Era un soldado raso, un *private*. Venía de Iowa. Su nombre era Jeremiah Twingle, nombre de mosca muerta se me ocurrió cuando lo leí. Su rostro en la foto de pantalla mostraba una tez pálida, unos ojos sin emoción, una boca de labios gruesos, una nariz pequeña. Tenía cara de susto, como si hubiese dejado de respirar el día que se colocó el uniforme por primera vez y le tomaron aquella foto.

Pensé en la guerra, en lo joven que se le veía a aquel muchacho. Me lo imaginé sintiendo miedo, horror, en todo su cuerpo y el mío se encrespó.

Como si él adivinase que yo estaba ahí, otro mensaje apareció en la pantalla: «Tengo miedo de morir sin nunca haber amado», escribió. «Yo también», suspiré al aire solitario.

Pero hablar con extraños no era lo mío. Apagué el computador y me fui a dormir.

Esa noche soñé con Jeremiah Twingle, su exangüe faz sobrecogida por el calor del desierto, sus manos aferradas al rifle, su corazón latiendo desbocado al darse cuenta que su patrulla ha caído en una emboscada. Y él, muriendo sin haber amado.

Desperté sofocada, con un gusto a arena en mi boca. Desperté gritando su nombre: JEREMIAH.

Corrí al computador con lágrimas en los ojos. Entré al Skype, busqué a Jeremiah, le envié un mensaje, un insípido «Hola…». Me quedé mirando la pantalla, sintiendo miedo por primera vez en mucho tiempo.

A los pocos minutos recibí un mensaje de él y me sentí respirar. Mi sueño premonitorio no se había hecho realidad.

«Me alegra que te hayas apiadado de mí», escribió Jeremiah.

Pensé que 'apiadado' era una palabra un poco dramática pero luego imaginé lo solo que debía sentirse, con la muerte respirándole sus gélidos aires, baboseándose de gusto ante cada descuido, ante la cercanía de su destino final.

«Todo por nuestros soldados», contesté y regresé a la cama. Solamente necesitaba saber que Jeremiah estaba bien para limpiar mi conciencia. Sonreí por lo tonta que fui por tener tanto miedo debido a un sueño tonto, y sin otro pensamiento me quedé dormida.

Cuando regresé al computador al día siguiente Jeremiah me esperaba con una veintena de mensajes: «¿Dónde estás?». «Te quiero hablar». «No me dejes solo». «Está oscuro aquí». «No quiero morir». «No quiero morir solo». «No quiero morir sin haber amado».

No quise contestar. Lo sentía demasiado necesitado.

Al mediodía ingresé de nuevo al Skype para hacer una llamada de negocio. Al pasar la entrada me horroricé de encontrarme con todavía más mensajes de Jeremiah. Su insistencia me empezaba a fastidiar.

Al cabo de unos días eran tantos los mensajes de Jeremiah Twingle y los había leído tantas veces que sus miedos empezaron a habitar en mi mente. Decidí cancelar mi cuenta de Skype, desaparecer de la vida de Jeremiah, sus últimos mensajes me dejaron con la sensación de que él me espiaba, que me buscaba por el Internet, que sabía todo acerca de mí.

A la semana sin saber de Jeremiah pensé que ya la tormenta había acallado y abrí una nueva cuenta en Skype. De inmediato un mensaje de él apareció en la pantalla: «Perra, ¿por qué me dejaste solo?». Lo siguió otro: «Moriré y será tu culpa». Esta vez le contesté: «Déjame en paz». Él replicó al segundo: «Nunca. Adonde quiera que vayas, yo estaré». Me estremecí, pero sabía que aquello no era posible. «Cancelaré todas mis cuentas. Me cambiaré de nombre», contesté. Temblaba. Todos los miedos del pasado dejaron de estar anulados, borrados, eliminados por la fuerza de voluntad que rigurosamente me impuse. Todos regresaron en un torrente de tenebrosidad. «No», susurró una voz en la oscuridad. Me quise convencer que aquello me lo imaginaba, que eran las voces de fiestas y velorios impregnadas en las paredes arcaicas de la sala de visitas de casa. «No es verdad, no es verdad, no es verdad», repetí con los ojos cerrados, buscando razón a mis miedos; aquella confabulación de terrores infantiles no ganaría, me prometí. Mis pupilas bailaban debajo de los párpados trepidantes, el sudor embargaba mi cuerpo haciéndolo sentir arcadas. El sonido musical del teléfono cibernético empezó a timbrar. Abrí los ojos. «¿Qué?», pregunté. «Que no», contestó la voz más fuerte, más cerca. El teléfono timbraba con aquella musiquilla como de carrusel circense que tanto me gustaba. La pantalla se llenó de mensajes. «¿Jeremiah?», pregunté a la voz, sin saber de dónde venía. Nada. De pronto, silencio sepulcral. Me agarré de la silla, los ojos fijos en la pantalla, el corazón desbocado, el aire que no entraba en los pulmones, la mente girando y girando dentro de mi cabeza. Sentí un dolor subiendo por mi brazo izquierdo, las pupilas dilatadas, el sudor frío bajando por mi frente, el aire gélido de la muerte resoplando sobre mi cuerpo, deseándome para sí, forzándome a entregarme a ella. Y entonces lo vi, de pie, mirándome excitado, su tez cadavérica sonrojada por el calor de sus intenciones. Me extendió una mano, sangre corría por todo su cuerpo, arena fina llovía sobre el mío, un olor a carne quemada entintaba la habitación y el eco de las fiestas y velorios me llamaba desde lejos. Caí fulminada a la alfombra que se sentía áspera y caliente como arena en el desierto. Antes de cerrar los ojos para siempre escuché una voz diciéndome: «No morirás sola. Yo siempre te acompañaré».

Confesión

Marisol Rodríguez

«Ave María Purísima. Sin pecado concebida».

El mundo que yo conocía se acabó ayer. Ayer nunca lo pensé. Ayer ni sabía que su vaso de McDonald's ya no sonaría como una maraca metálica. Su error fue mendigar frente a la iglesia donde el pecado es frecuencia diaria, mas el arrepentimiento no lo es.

Cada día se aparecía aquel niño al retumbar de la primera campanada. Se arrodillaba con sus pantalones rasgados, su cara seca de mocos y pinceladas de polvo. El vaso lo dejaba junto al agua bendita. Anticipaba cada una de mis palabras en latín sin titubear. Era como si él fuese mi caricatura. Nadie supo de mi calvario diario. Lo veía arrodillado allí, recalcando cada palabra como queriendo tallar en el aire mis pecados. El incienso lo envolvía para protegerlo. Él respiraba profundamente todo el humo como queriendo purificarse.

Siempre se marchaba antes de la homilía, como queriendo evadir el sacrificio mío y nuestro. Quedaban en el mármol pulido dos orbes de hollín como evidencia. El rebaño era pudiente. Lo miraron pero nunca lo vieron. Él era cada uno de ellos y ellos eran él.

Hoy el vaso fue encontrado en el confesionario. No me acuerdo haber escuchado ninguna voz infantil. Yo sólo oigo los pecados, sólo eso. Ayer escuché el pecado y tuve que lavarme las manos con sangre y compartir su cuerpo. Pero eso fue ayer.

Luna Roja

Amílcar Araujo

Agazapado, en un rincón de este cuarto donde paredes, piso y techo están forrados de material acolchonado. Una gruesa gota de sudor corre por mi frente, sé que pronto me nublará la vista, pero no puedo evitarlo. La luz es tenue y me han puesto esta camisa de fuerza que me impide moverme y en momentos me asfixia. Pero yo les juro que no estoy loco... aunque tal vez sí lo estoy porque el pánico me domina al recordar aquella amarga aventura que cambió mi vida y que me tiene aquí. Quisiera huir de mi propia piel y golpeo fuertemente mi cuerpo contra los muros de esta prisión para buscar la muerte y liberarme de una vez por todas de esas imágenes que me persiguen y que se adueñan de mí, aterrándome hasta el punto en que mi existencia es insoportable.

***

Hacíamos un viaje, tres parejas, por diversos pueblos de Chiapas, cerca de la frontera con Guatemala, Juan y Lucía, Felipe y Gaby, y mi adorada Tania y yo, Samuel. Era una buena oportunidad para conocer el México de nuestros padres, ya que todos coincidentemente éramos hijos de mexicanos y nos habíamos conocido en la Universidad de Nuevo México en la maestría de Estudios Mayas. Sí, nos apasionaba el presente y el pasado de esa cultura rodeada de tantos misterios.

Después de la visita a Bonampak, nos detuvimos para pasar la noche en el pequeño pueblo de Atetenango. Lo amigable de la gente y el relajado ambiente eran perfectos para salir en la tarde, disfrutar de la comida local y tomar unas cervezas mientras el sol se ponía y la discusión de nuestras notas y observaciones rompía el romanticismo del momento y le daba un sabor más académico.

Fue en ese pueblo donde escuchamos por primera vez una leyenda inédita pero interesante sobre dos deidades mayas que no aparecían en ninguno de nuestros libros: Yan-Bayan, la devoradora de hombres y Pekul-Khan, el devorador de mujeres. Al oír la leyenda concluimos que seguramente los primeros conquistadores y misioneros debieron haber destruido todo registro de ellos, ya que el contexto erótico de la historia ha de haber escandalizado a los extremistas católicos de la conquista.

El dueño del pequeño restaurante donde nos disponíamos a cenar era un hombre moreno, de baja estatura, con el típico acento sureño, blanca guayabera, pantalones caqui y sandalias, quien narró una historia que sonaba fantástica a los ocupantes de la mesa junto a la nuestra. El narrador realmente parecía tener miedo, como si fuera un hecho real.

«En la luna roja, que cubre el ciclo de Aban-Chalé, cada veintiocho años, todos los jóvenes mayores de quince y menores de treinta años deben cubrirse los genitales con la sangre del jaguar para ahuyentar a las deidades hambrientas de sexo y muerte. Pekul-Khan y Yan-Bayan eran dioses hijos de deidades mayores. Unapú e Ixbalamké, los dioses gemelos, tuvieron un romance oculto con las diosas Kukul-Yam, diosa de los reptiles y Janan-Tza, diosa de las flores hambrientas». Yo recordé que aquello tampoco estaba en nuestros registros académicos. Este tipo de flor se da en esta zona y es del tamaño del puño de mi mano cuando cierra sus pétalos, pero luego se abre para atraer a sus víctimas, generalmente insectos y pequeños roedores, atrapándolos con sus dentados y pegajosos pétalos.

«Del respectivo romance de los dioses gemelos nacieron Yan-Bayan y Pekul-Khan, niños dioses de admirable belleza. Pero las Diosas Ixtab y Yahubé, auténticas esposas de los dioses gemelos, descubrieron el secreto romance de ambos y maldijeron a sus amantes y al fruto de su amor. Yan-Bayan tendría el poder de seducir a los hombres y sus genitales los devorarían como las flores hambrientas que su madre protegía, y el miembro viril de Pekul-Khan se convertiría en una serpiente que devoraría las entrañas de las mujeres seducidas por él. ¡No los vean a los ojos!», advirtió el narrador, «o caerán presas de su fuerza de seducción y estarán perdidos».

La narración fue interrumpida por el ruido de tambores y una multitud que salió de sus casas. A lo lejos se veían antorchas que iluminaban una extraña procesión encabezada por un grupo de hombres armados. Detrás de ellos, cuatro aldeanos llevaban un tronco de árbol del que colgaba un jaguar muerto. La multitud gritaba y se juntaba en la plaza principal donde nosotros estábamos cenando. Para nuestra sorpresa, los jóvenes locales empezaron a desnudarse y formaron dos líneas, una de hombres y una de mujeres. La procesión de cazadores se detuvo en la plaza. Nos levantamos de nuestras sillas mientras Felipe pagaba la cuenta.

—Vayan y cúbranse de la sangre del jaguar, ¡por favor háganlo! —gritó el dueño del restaurante.

—¿Cubrirme de sangre de Jaguar? ¿Y arruinar mi blusa Oscar de la Renta?, ¡no estoy loca! —dijo Lucía, muy afecta a la ropa de diseñador.

—Bueno —dijo Gaby—, si es una orgía tal vez valga la pena seguir las costumbres.

—Cállate *bitch* —gritó Felipe mostrándose celoso por el comentario de su compañera.

—Yo quiero tomar unas fotos del rito —dijo Tania mientras se acercaba a la multitud sacando su cámara del estuche. Todos caminamos rápidamente hacia el centro de la plazuela.

La multitud dio paso a una anciana de pelo blanco, cuerpo encorvado, y piel morena y enjuta que caminaba lentamente hacia el grupo de cazadores en el centro de la plaza. En su mano derecha llevaba un cuchillo y en la izquierda una ollita de barro. Al llegar junto al jaguar, que colgaba del tronco, todo mundo calló y la mujer gritó algo en lengua maya que me costó trabajo traducir, pero creo que era «Sangre del jaguar protégenos y protege a nuestros jóvenes...». Sin contemplación, descargó una fuerte puñalada en el cuello del jaguar que sangró profusamente. El rojo líquido fue colectado en la olla de barro y cuando cayó la última gota, la multitud gritó y los tambores se volvieron a escuchar. Tania no perdía detalle sacando tantas fotos como podía.

La anciana se puso al frente de las dos filas de jóvenes desnudos. Ella metía su mano al recipiente con sangre mientras mantenía sus ojos cerrados y murmuraba algo que parecía una oración y mojaba los senos y pubis de las jóvenes y el pene de los muchachos con la sangre del felino. Ellos hacían una reverencia hacia la anciana y se retiraban a vestirse. Veintitantos hombres y mujeres pasaron por esa unción. La anciana, visiblemente cansada y con los ojos aun cerrados, apuntó con su dedo índice goteando sangre hacia donde nosotros estábamos, diciendo: «Ayúdenlos o morirán... ». No supimos qué hacer. La gente nos rodeó y empujó hacia el centro de la plazuela. Aquella masa de muchas cabezas y ensordecedor rugido nos tocaba, nos empujaba, tiraba de nuestra ropa tratando de desnudarnos mientras oponíamos resistencia frenéticamente. Ya muy cerca de la anciana, arrebataron la cámara de Tania que rodó por el suelo haciéndose pedazos. El corpulento Juan, que había jugado futbol americano hasta que inició su maestría, en un esfuerzo por liberarse, con su rodilla golpeó la olla de barro que sostenía la anciana. El recipiente y la sangre remanente volaron por los aires, manchando la cabeza y ropa de Tania que era la más cercana a la vieja. La ollita cayó al suelo haciéndose mil pedazos. El silencio se hizo en un instante. Solo los sonidos de las cigarras y las ranas provenientes de la espesura de la selva se escuchaban. La gente nos dio la espalda y calladamente se dirigieron a sus casas, dejándonos solos en el centro de la plaza. La anciana fue la última en retirarse y antes de hacerlo nos dijo: «¡No saben lo que han hecho... miren la luna!». Y apuntó con su índice hacia el cielo. Por el bullicio y el frenesí de la situación no nos percatamos que la luna, completamente llena, se había tornado de un color rojizo. Cuando dejé de contemplar aquel poco usual espectáculo celestial, traté de hablar con la anciana. «Perdone, sabe si...». Mis palabras se perdieron en la noche, ella había desaparecido.

Un tanto conmocionados, decidimos caminar a nuestro hotel, a unas pocas calles de la plazuela. El pueblo había quedado totalmente desierto. Las luces se apagaron en casas y avenidas. Solo el resplandor rojizo de la luna nos alumbraba.

Al doblar una esquina, vimos una llave de agua goteando y Tania decidió quedarse un poco atrás para limpiarse la sangre que había caído en su cabeza, cara, ropa, y en su muslo. Los cinco dimos unos pasos y yo volteé y la llamé:

—¡Tania! ¿Estás bien?

El silencio era profundo, la respuesta no llegó. Me puse nervioso.

—Cálmate —me dijo Lucía—. Parece que no la conoces, Tania simplemente no te contesta, la conozco desde *High School* y jamás responde.

Esas palabras no me tranquilizaron.

—Mira, yo la encuentro en un momento, de paso descargo mi vejiga, tú tranquilo —dijo Juan, giñándome un ojo, con la acostumbrada autoconfianza que desarrolló jugando futbol. Me dio una palmada en el hombro y desapareció en la oscuridad.

Seguimos caminando lentamente Felipe, Lucía, Gaby y yo. Lucía, con sus usuales gestos de impaciencia, extendió los brazos y golpeó la parte externa de ambos muslos con sus palmas.

—Mejor me voy para estar segura de que Juan no se distrae con una nativa *sexy*, ese persigue cualquier cosa con tetas.

—¡Espera Lucy! —le grité—, él va a encontrar a Tania, de hecho estoy seguro que ya la encontró y seguramente van por la calle paralela para reunirnos en el hotel.

Lucy no me hizo caso, siguió caminando alejándose de nosotros solo levantando su mano en señal de 'cualquier cosa que digas no me importa' y se perdió en la oscuridad. Ya casi para llegar al hotel, Felipe dijo:

—Esto ya me suena a broma, ustedes saben que Tania y Juan gozan haciendo bromas pesadas, seguramente convencieron a Lucy de unirse y se han de estar riendo de nosotros. Gaby, vete al hotel para esperar a quien llegue. Samuel, vete por la calle paralela, seguramente los vas a encontrar por ahí. Yo me regreso por donde vinimos.

Todos aceptamos el plan e iniciamos nuestro recorrido.

Yo caminé hasta la siguiente calle, para enfilarme hacia la plazuela. Al tratar de cruzar un pequeño callejón, tropecé con algo. Traté de mirar bien en la oscuridad y parecía un cuerpo tirado. Saqué mi celular para usarlo como lámpara. El terror me invadió al ver un cuerpo desnudo de hombre, gravemente mutilado entre el ombligo y la entrepierna, como si un ser carnívoro hubiera devorado su vientre y sus genitales. Quedé inmoviliza-do cuando con mi pie hice girar el torso para verle la cara... ¡Era Juan! La parálisis cedió al escuchar un sollozo.

—¿Quien está ahí? —grité y apunté mi lámpara improvisa-da hacia unos recipientes de basura.

—Soy yo... pe-pe-pero no me haga daño —dijo una débil voz femenina. Era una joven escondida detrás de los grandes recipientes de metal.

—Soy un amigo, sal para que te vea.

Se incorporó y caminó hacia mí una muchacha que difícil-mente podía distinguir pero de impresionantes formas, tal vez demasiado alta para el estándar de los locales. Su pelo negro caía sobre su cara. Descalza, sus pies no parecían tocar el suelo.

—Mis padres me dejaron afuera y... tengo miedo —dijo llo-rando y cubriéndose el rostro con las manos.

Por un instante desapareció todo a mi alrededor y mi mente solo se enfocó en esa joven de cuerpo tan bello como salida de un sueño.

—¡Samuel, Samuel! —gritó Felipe del otro lado del calle-jón.

Volví a la realidad y aparté mi lámpara un momento mien-tras gritaba:

—¡Aquí, Felipe!

Cuando volví a iluminar el sitio en donde estaba aquella in-defensa criatura, ella se había esfumado.

—¡Escucha! ¡Quiero ayudarte! Tal vez tú viste lo que le pa-só a mi amigo —gritaba yo buscándola, pero nadie respondió a mis gritos.

—Samuel, ¿qué sucede? —Felipe con la respiración entrecortada llegó a donde yo estaba—. Samuel, Lucy... —interrumpió lo que estaba diciendo. Se quedó mudo al distinguir, entre la oscuridad, el cuerpo que yacía a mis pies. Él tomó mi mano que sujetaba la lámpara e iluminó el cuerpo destrozado de Juan. No se pudo contener, vomitó y después cayó de rodillas.

—¡No, Juan nooo! —gritó llorando con impotencia mientras tomaba entre sus manos la cabeza de Juan. Luego me miró y en medio de su llanto dijo:

—¡Lucía está muerta, su cuerpo está destrozado también! ¡Pero no de la misma forma, ven conmigo!

La incertidumbre de lo que estaba pasando se mezclaba con el pánico. Llegamos al punto donde yacía Lucía, desnuda y boca abajo en el terregoso suelo de la oscura calle. A la altura de las costillas falsas, a ambos lados de su columna, parecía que su interior había estallado, dejando la piel floreada, sangrando y con restos de órganos.

—¡Santo cielo! ¿Quién?, ¿o qué pudo haber hecho esto? —exclamé, y de momento la sangre se me heló en las venas. Tania podía haber corrido la misma suerte. Decidimos separarnos, yo para buscar a Tania, y Felipe para ver si Gaby había llegado bien al hotel. Corrí a la plaza y para mi sorpresa encontré a Tania tirada e inconsciente.

—¡Tania, amor, despierta! —la sacudí suavemente y ella abrió los ojos con expresión de pánico. Me empujó tratando de liberarse de mis brazos y exclamó:

—¡Aléjate de mí... aléjate!

—Tania soy yo, Samuel.

Ella reaccionó.

—¿Y los demás? —me preguntó, todavía tratando de poner su mente en orden.

No le contesté y bajé la cabeza. Sin advertirlo, alguien me tocó el hombro. Volteé en una reacción de pánico para encontrarme con la anciana del ritual.

—La sangre del jaguar la protegió. La vi en la plaza cubriéndose con la sangre restante de la ollita de barro rota en la ceremonia. Eso le salvó la vida. Tomen este cuchillo, tiene la sangre del jaguar, es lo único que pueden usar contra Yan-Balam y Pekul-Khan. ¡Por Dios! Tengan cuidado y salven a sus amigos.

La vieja se quedó ahí, entrelazando los dedos de sus manos como rezando. Tania me jaló del brazo para llevarme hasta donde la sangre del jaguar estaba derramada. Puso su mano sobre la ya casi seca mancha y frotó mi pantalón, mi camisa y mi cara. Los dos corrimos hacia el hotel. Antes de llegar, a una distancia de unos pocos metros presenciamos algo difícil de describir. Felipe, desnudo, caminaba hacia una mujer también desnuda. Al estar cerca de ella, el bajo vientre de la extraña se abrió como los pétalos de una flor, cada pétalo mostraba unos filosos dientes radiales como el hocico de un tiburón.

—¡Felipe, no lo hagas...! ¡Retrocede! —gritamos Tania y yo pero todo fue inútil, esa mujer lo abrazó y los pétalos de su vientre se cerraron despedazando sus genitales y parte de sus órganos internos.

Marchamos aprisa y al estar cerca me di cuenta que era la misma indefensa aldeana que estuve a punto de ayudar, yo hubiera corrido la misma suerte. Al vernos correr con el cuchillo hacia ella, soltó a Felipe quien rodó por el suelo con convulsiones para después quedar inmóvil. Ella se desvaneció en la oscuridad y Felipe murió desangrado en nuestros brazos. Pero teníamos que llegar al hotel para tratar de salvar a Gaby.

En las escaleras del hotel, Gaby hacía el amor con un extraño. El espectáculo macabro de esa noche culminó cuando ella, colocada sobre aquel hombre, se retorcía. Algo voluptuoso en la piel de su espalda a la altura de los riñones, como un tumor, crecía rápidamente hasta estallar salpicando sangre y pedazos de órganos internos a una distancia considerable. Fue ahí donde vi una cabeza de serpiente emerger desde las entrañas de Gaby. Con el largo cuchillo cercené su cabeza y el extraño arrojó el cuerpo de Gaby contra nosotros dando un rugido de dolor y desapareciendo en un instante. Gaby sacudía las piernas en un movimiento reflejo de su cuerpo mientras se desangraba, y en pocos segundos murió. La luna dejó de ser roja para tornarse en un disco plateado y pocos minutos después amaneció.

Los nativos de Atetenango reportaron las muertes de las víctimas. Tania y yo fuimos llamados para atestiguar, nadie creyó nuestra historia. Fuimos declarados enfermos mentales, tal vez drogadictos... y aquí estoy yo, vivo, perseguido todavía por el recuerdo de aquella noche. Tania está también recluida, ella ha tratado de cortarse las venas pero la han rescatado de los brazos de la muerte varias veces. Nuestro destino es llevar este recuerdo angustiante hasta el último de nuestros días, hasta la próxima luna roja.

Perdido

Patricia Gabela

—Creo que estamos perdidos —afirmó Gonzalo.

—Da la vuelta en esa esquina para regresar, el mapa dice que hay otra calle paralela —le respondió Georgina a su flamante esposo de apenas pocas horas.

Al virar a la izquierda, y en cuestión de instantes, se dejó caer el peso de la oscuridad alargándose y espesándose conforme avanzaba el auto. Las luces de los arbotantes comenzaron a espaciarse, la visibilidad disminuyó y no encontraban una calle que los llevara al punto de partida. Siguieron maniobrando el vehículo. La calle se fue estrechando hasta el punto en el que se tuvieron que doblar los espejos para que el carro pudiera pasar sin rozar las paredes de piedra a los lados. Las luces dejaron de alumbrar y una neblina rosada y espesa descendió rápidamente. Detuvieron el auto, no era posible ver hacia adelante.

—¿Ahora qué hacemos? —preguntó Gonzalo a su bellísima esposa con quien deseaba disfrutar de una vez su luna de miel.

—Sigue de frente, tal vez encontremos a alguien a quién podamos preguntar —dijo Georgina—, quizás unos metros más adelante haya algún café abierto.

Gonzalo abrió la ventanilla para tratar de ver hacia el frente, al intentar sacar la cabeza del auto, se golpeó contra un muro de piedra frío y lamoso. Sacó la mano para tocar la roca y ver si más arriba o quizás a los lados había más espacio. Ahí donde estaba el auto, no se podía abrir la puerta.

—Abre tu ventana y dime si también de tu lado está tan cerca la pared —dijo Gonzalo.

Georgina intentó sacar la mano.

—Sí, el muro está a unos cuantos milímetros de la puerta.

También de ese lado era imposible salir del vehículo. Al parecer solo quedaban dos opciones: seguir o retroceder. Ir hacia atrás parecía imposible. Gonzalo manejó el auto hacia el frente con las luces apagadas para que el reflejo no brillara en la neblina e hiciera más difícil ver el camino. Después de unos segundos, sus ojos se adaptaron a la oscuridad, ahora la visibilidad era de uno o dos metros. Conforme avanzaron, la calle fue adquiriendo una pendiente que se hizo cada vez más pronunciada. Trataron de detenerse. Gonzalo pisó el pedal del freno una y otra vez. Las luces rojas de la parte trasera brillaron intensamente en la neblina. Pero el auto no se detuvo, parecía que estaba flotando.

—¡Frena! ¡Para! Adelante se ve un precipicio —dijo Georgina con voz asustada.

—¡No puedo, tengo el pedal del freno hasta el fondo y no responde! —dijo Gonzalo.

El auto se inclinó cada vez más hasta detenerse. Dos pares de luces de un color azul intenso comenzaron a aproximarse. Gonzalo trató de ir en reversa, apenas avanzó unos centímetros y la defensa trasera golpeó fuertemente contra un objeto sólido. Volteó la cabeza y se dio cuenta de que atrás de ellos se había cerrado una pared. Escuchó un estruendo de piedras en movimiento. El pánico se apoderó de él cuando se dio cuenta que se había creado una bóveda pétrea sobre el vehículo.

—Tengo frío, voy a cerrar mi ventana —dijo Georgina temblando.

—Yo no cerraré la mía porque si la cierro no podré saber qué tan lejos estoy del muro —respondió Gonzalo, maniobrando para salir de aquel lugar.

Gonzalo logró que el auto se moviera hacia adelante. Se internaron en el túnel, descendiendo cada vez más rápido. Los pares de luces azules se hacían más grandes, parecían acercarse a gran velocidad. En cuestión de segundos las luces estuvieron frente al parabrisas, sintieron unas masas pesadas cayendo encima del cofre y del cristal. Zarandeaban el auto, parecían ser animales hambrientos, se escuchaban sus rugidos. El sonido era ensordecedor. Georgina quedó paralizada del susto. El auto se siguió deslizando hasta descender en caída libre por una especie de precipicio. Unas manos peludas con enormes garras de acero rompieron el cristal lateral y arrancaron la puerta de Gonzalo. De un zarpazo arañaron el pecho del hombre y le arrancaron un brazo, el resto de su cuerpo quedó atrapado con el cinturón de seguridad. Gonzalo vio cómo se acercaban a su cara unos hocicos con afilados colmillos, derramando unas babas espesas y amarillentas. Trató de desabrochar su cinturón para defenderse o al menos moverse de su asiento, pero no pudo, tenía encima a las bestias que con las fauces comenzaron a comerle la cara. Mientras uno le arrancaba el pelo, el otro, con las garras rompió el cinturón de seguridad. La sangre de Gonzalo caía en torrente, no podría aguantar mucho tiempo así. Perdió el sentido y cayó al vacío fuera del auto, al ir cayendo le arrancaron a mordidas las piernas y le destrozaron el abdomen, devorando carne y vísceras, hasta que solo quedaron los huesos.

El auto comenzó a descender más despacio, se enderezó y flotó hasta posarse suavemente en un pantano congelado. Georgina salió de su parálisis y con una gracia indescriptible bajó del auto envuelta en un manto de seda negro que la cubría por completo. Posó sus desnudos pies sobre el pantanoso hielo, se destapó la cabeza y dirigiendo su mirada de color azul intenso hacia las criaturas que todavía se estaban saboreando con los hocicos y las garras chorreando sangre les dijo:

—Hijos míos, en unos días les traeré más comida.

Es mi turno

Marisol Rodríguez

No me gusta que lleves el mahón ajustado. Prefiero observar cómo se llena su holgura. Me gusta verlo arqueado, preso en contra de la tela. Rogándole a mi boca. Yo me acerco y susurro a tu oído un halago acelerante. Aprovecho el lóbulo de tu oreja, lo sujeto entre mis dientes, tiro de él con suavidad.

Apresuradamente, sin quitarte los ojos de encima, me deshago de mi blusa. Hoy visto tu sostén favorito. Te abalanzas sobre mis pechos. Te fascina el cierre esperando entre mis senos. Permito que lo atrapes dentro de tu boca. No lo sueltas. Te mantienes moviendo la mandíbula de un lado hacia otro. Mis pezones siguen tu vaivén. Tu chiva me roza. Disfrutas cada poro marcándose como si fuera un segundero de placer. Tus ojos viajan incansables desde mi sostén a mis ojos. Con precisión dejas libre el cierre. Los manguillos se rinden, se caen. Yo me embisto contra tu cuerpo. Aprieto mis labios uno contra el otro. Trago el manantial de saliva que se empoza en mi boca para no mojarte el pantalón. Yo estoy del mismo modo que está mi boca. Nuestras miradas se atrapan. Con mis labios entreabiertos despido mi aliento tibio trazando cada frontera de tu antes arco. Por unos segundos cierras los ojos, los abres. De tu mirada emana una oleada de deseos que me obliga a aprisionar tus muñecas contra la pared. No, no quiero responder a tu urgencia. Quiero disfrutarte en mi tiempo, no en el tuyo. Esta vez, es mi turno.

Mundos secretos

Ángeles Casasola

En el bosque sus pisadas se escuchaban, a toda prisa él corría entre los árboles y arbustos, era casi el amanecer, había luchado con el cansancio toda la noche, sabía que debía desplazarse más aprisa para lograr llegar antes del alba. Lo único que lo mantenía andando era la idea de liberar a su padre.

Para Uriel estar en ese lugar parecía lo más normal, pero no en ese momento. Sigiloso y precavido, seguía corriendo, su tierna mirada ahora tenía un destello de enojo y frustración, sus pasos se confundían con la caída de las hojas de los hermosos robles, era principio de otoño, la neblina hacía más triste el ambiente. En ese lugar habitaban seres celestiales, los grados de espiritualidad eran otorgados antes de nacer. Estos seres trabajan la energía espiritual, la que emana de la sabiduría, la cual funciona y depende directamente de un Creador. Uriel es un *aniot*, un ser de luz perteneciente al planeta Neón del primer plano espiritual llamado también primer cielo. Tiene un aspecto dulce y mirada firme, alto y gallardo, excelso en su línea. Muestra confianza en sí mismo, es un visionario, siempre creando en su mente, de figura fuerte con un aura resplandeciente y aspecto inmaculado, un *aniot* príncipe y guardián de la vida eterna de los mundos secretos.

El primer cielo era un mundo parecido a otros planetas que había estudiado desde su niñez y donde soñaba un día poder estar. Especialmente le atraía un planeta azul, del cual había escuchado y era el más amado por los *aniots*. Mientras corría, Uriel podía escuchar su respiración entrecortada, su corazón palpitando. Sintió sus manos sudorosas y un miedo inesperado que lo asfixiaba, pero sabía que si no se apresuraba no llegaría a tiempo.

En ese momento se escuchó a lo lejos un grito:

—Corre Uriel —le gritó su padre—. Huye y ocúltate —le dijo jadeante.

Uriel corrió con urgencia y advirtió que su padre estaba atado de manos, y de rodillas al suelo. Se aproximó para liberar a ese ser que lo había amado y cuidado. Se acercó pero algo le quemó y solo pudo tomar su mano un segundo y le besó.

Uriel se sentía imposibilitado para ayudarlo.

—¡Padre, resiste! No me dejes —dijo Uriel mientras sus manos tomaban las de su padre con toda la fuerza que su alma sentía.

—Hijo: huye y ocúltate hasta el nuevo amanecer, cuando ellos no tendrán más poder sobre este mundo —dijo su padre—. Debes seguir adelante, continúa creando mundos y cuidando el *Libro de la vida*. No dejes que la maldad triunfe.

Su padre apretó con energía su mano y en ese momento una fuerza descomunal lo arrancó de sus brazos y lo aprisionó en un círculo de fuego. Algo que jamás habían visto en ese mundo.

Los cielos parecían desbordarse de lluvia, los truenos se escucharon como trompetas y todo ser viviente en ese lugar enmudeció y quedó atónito. Muchos fueron prisioneros con él, arrancados y atrapados en ese círculo de fuego.

—¡Noooooooo! —gritó Uriel, sus manos temblorosas, su rostro desencajado, impotente ante el poder del mal.

Un destello de color violeta y blanco lo envolvió y cayó desmayado. Mientras estaba inconsciente pudo recordar cómo era Neón, el primer cielo antes de la rebelión. Se vio junto a un ser de luz, aprendiendo y creciendo en sabiduría; era Raziel, su padre, un *aniot* de aspecto dulce pero enérgico, de grandes ojos brillantes, de tez aceitunada y vestimenta reluciente digna del rey de Neón y dios de los mundos secretos. Era de porte gallardo y maduro, llevaba una espada que destellaba un brillo esplendoroso. Sus cabellos blancos como de seda caían sobre sus hombros. Poseía la sabiduría y el poder de crear mundos y de cuidar el libro sagrado de la vida, donde se guardaban celosamente secretos de la inmortalidad y del poder de la mente, y los secretos del infinito, de las puertas secretas del tiempo, con las claves para cambiar el presente, pasado y futuro. Uriel lo miró de reojo, le impresionaba su inmensa omnisciencia. Estaba en Neón, el primer cielo, un lugar de paz. Su naturaleza era un digno paraíso y habitaban toda clase de seres vivos que convivían felizmente con los *aniots*, quienes eran bondadosos y fieles guardianes de los mundos y planos celestiales, no se conocía la maldad. Todos sus habitantes vivían una eterna felicidad y juntos compartían sus talentos, cuidando de los mundos en diferentes constelaciones, siempre pensando en otorgar divinidad a otros seres que esperaban su turno para progresar y lograr este plano celestial, el cual era el último por alcanzar. Todos eran amigables, trabajaban en una perfecta unión, así lo recordaba Uriel, quien se vio con su padre caminando por la plaza central de Neón, hasta encontrar al guardián más amado por su padre y en quien tenía plena confianza, su nombre, Abahueli. Miró a lo lejos a ese *aniot* alto, de aspecto áspero, mirada penetrante, ojos guiñados y cabello ondulado de un negro intenso que hacia incluso más sobria su figura. No sabía qué pasaba con ese guardián pero le infundía un escalofrío y una desconfianza. No se fiaba de su sonrisa cautivadora ni de sus palabras de agradecimiento hacia su padre. Sin embargo, Uriel era solo el príncipe, un aprendiz de guerrero y no estaba en posición de contrariar.

En ese momento se unieron a él otros *aniots* y caminaron por Neón. Pasaron por sus hermosas avenidas hasta llegar a un lugar sagrado de meditación donde acudían frecuentemente en busca de guía, ahí podían incrementar su capacidad de conciencia y aumentar su fortaleza ante los obstáculos que enfrentan los guardianes *aniots*, usando esta energía positiva para ver el universo con impresionante lucidez. Vieron a lo lejos el hermoso búho que colgaba de un escaparate en el medio de la plaza, símbolo para los *aniots* y recordatorio de sus valores como seres de luz. A su mente llegó su mantra: «Debo tener una gran conciencia en todo momento, de todo lo que hay a mi alrededor. Debo tener poder de visión depredadora y ver claramente todo. Debo tener una gran intuición: el máximo tótem de los psíquicos y clarividentes. Debo poseer con honor la valentía de seguir mis instintos», se repetía una y otra vez Uriel, mientras su mirada volvía a la sagrada figura del búho.

Escuchó a su padre decir: «El búho trae el poder de ver detrás de las máscaras, no lo olvides, su movimiento es silencioso y veloz, su visión aguda, siempre mensajero de secretos y premoniciones, te llevará a distinguir el cambio de formas, el enlace entre el mundo oscuro e invisible y el mundo de luz, eres un todo con el cosmos, el sentirte cómodo con la sombra te abrigará y protegerá siempre, con el poder de la luna nadie podrá quitarte la libertad que tu esencia, en plena pureza, logre alcanzar. Nadie, hijo mío, podrá vencerte si tu cuerpo y espíritu logran una perfecta unión. ¿Estás listo hijo mío? Ha llegado el momento. Te otorgaré el grado más alto que puede tener un *aniot* y te encomendaré un guardián. Podrás ver de frente el *Libro de la vida*».

En ese momento todos los guardianes, maestros y discípulos se arrodillaron ante Uriel, pero hubo uno que no lo hizo, Abahueli, quien no creía que Uriel fuera merecedor de tan prestigioso honor. Abahueli había soñado con esto, había creado mundos perfectos, era el mejor guerrero y guardián predilecto de Neón. Su corazón se inundó de algo que nunca había sentido antes, era un fuego que quemaba su piel, sus puños se crisparon y salió corriendo. Logró que algunos que le admiraban le siguieran, les engañó, les llenó de odio, de rencor en contra de Uriel y de su dios. Necesitaba apoderarse de ese libro de la vida, solo así podría lograr su triunfo total y ser un dios. Planeó calladamente su traición, sin escrúpulos y sin remordimientos; y una noche mientras todos dormían, rompiendo las reglas, penetró en el templo sagrado y despojó del *Libro de la vida* al búho que lo custodiaba.

Abahueli y sus aliados salieron huyendo, querían llegar a otro mundo y ocultarse hasta la luna llena para poder cerrar toda comunicación con otros planos. En ese momento Raziel se despertó sobresaltado, presentía todo, sabía lo que pasaba, se apresuró y corrió tras el traidor, pero era demasiado tarde. Abahueli ya había abierto un laberinto de maldad del cual Raziel estaba siendo prisionero junto a los otros maestros, en un círculo de fuego y llevados prisioneros a otro plano celestial.

En ese momento algo lo sacudió con fuerza y Uriel despertó, miró a su alrededor y se descubrió en otro lugar, en otro mundo, en el tercer cielo. Su guardián, el búho, le informó que se encontraba en el planeta azul y ahí moraría por un tiempo hasta encontrar al mensajero que había robado el *Libro de la vida*.

Se vio solo ahí, en un planeta desconocido. El búho le dijo:

—Vamos Uriel, debes apurarte, antes de la medianoche habrá un eclipse lunar y el primer plano se abrirá, entonces podrás regresar y junto a ti, todos los seres de luz que están cautivos en el círculo de fuego. Uriel recordó en ese momento el inicio de todo, pensó en el mensajero, en esa esencia maligna, y cómo ese ser de luz podría haber cambiado, corrompido su esencia y bajado a las tinieblas del odio y la envidia. Pensar en su nombre le atormentaba, realmente le hería pues él le amaba como todos en Neón. Recordó cómo enloqueció de celos y sin remordimiento atacó a su padre, quitándole su libertad.

En ese momento, se escuchó un ruido ensordecedor.

Era Abahueli, el mensajero que traicionó a Neón, su aspecto se notaba aún más fuerte con su cabello azabache hasta los hombros y su mirada desafiante. Su espada de fuego parecía todavía más imponente, pero eso no intimidó a Uriel.

Junto a Abahueli estaba el grupo de *aniots* que fueron corrompidos y ahora su única opción era la oscuridad.

Sin pensarlo, Uriel se fue sobre Abahueli, pero este le hirió con su espada. Abahueli le superaba en fuerza y en habilidades, era un guerrero de larga vida.

—Uriel, ríndete a mí y te daré poder en este mundo —dijo Abahueli.

Uriel le miró y aunque sabía que podía perder no se inmutó.

—¡Abahueli! —gritó con todas sus fuerzas Uriel—, estás perdido, soy hijo del único dios, el que no tiene principio ni final, soy la única verdad, soy Uriel príncipe y señor de los mundos secretos —se escuchó su voz potente.

En ese momento la luna llena estaba en plenitud y comenzaba su lenta pero perfecta unión con el sol, el tercer cielo estaba entre el sol y la luna, logrando así una perfecta alineación que duraría unas horas, tiempo suficiente para lograr el retorno de los cautivos y del *Libro de la vida* al primer cielo.

En ese momento, Abahueli hirió a Uriel en el corazón. Todos los guardianes se quedaron perplejos ya que sólo un *aniot* podría sangrar. Uno de los guardianes dijo: «Es el "Sant-Graal" él es el verdadero, el que fue y será, antes y hasta el fin de los tiempos». Cayeron de rodillas y se inclinaron para alabar a Uriel, pero él permanecía en el suelo desmayado. Una luz inundó el lugar, la luna llena había entrado en su éxtasis total, era el esperado eclipse lunar, y el búho le gritó a Uriel:

—Vamos Señor, ahora eres el iluminado y no podrán vencerte, los tiempos han sido cumplidos, el mal nunca prevalecerá sobre el bien.

Abahueli estaba desencajado, no sabía que Uriel era Él. Se equivocó, su egoísmo lo engañó, permanecería en esa oscuridad eternamente, no había un lugar en Neón para él y sus huestes del mal. El búho fue hacia él y le dijo: «Entrégame el *Libro de la vida* y libera a los cautivos o serás eliminado o ríndete y vivirás aquí exiliado de Neón para siempre».

—En nuestro camino hay muchos charlatanes como tú, embusteros, las sutilezas del arte del engaño son muchas, has caído y no encontrarás el regreso a casa, serás despojado de tu armadura y de tu sabiduría, morarás aquí hasta nuestro regreso. Abahueli arrojó el libro a los pies de Uriel. El eclipse estaba a punto de terminar. Una luz se abrió entre la maleza del bosque, el círculo de fuego cedió y todos los seres y guardianes fueron liberados. El mundo regresó a la luz y a la tranquilidad.

—Raziel, el dios de los mundos secretos fue liberado —cantaban los *aniots* por todo Neón.

—¡Uriel, el señor de los mundos secretos venció! —alababan los *aniots*.

—Vamos Uriel, levántate. Regresemos a casa —dijo el búho.

Uriel se levantó y sintió una inmensa paz, su mirada volvió a ser tierna y delicada, su espíritu y su cuerpo estaban en equilibrio, en una perfecta unión, y juntos emprendieron el regreso al primer cielo, a su planeta Neón.

Operación Ictis

Amílcar Araujo

—Sabes que si efectúas la Operación Ictis las consecuencias pueden cambiar radicalmente la historia —dijo el doctor Kaplan al general Dehart, quien sacudió la cabeza y le dijo al científico:

—Es demasiado tarde, la orden viene de arriba y ya no hay marcha atrás.

—Pero nunca hemos intentado crear una paradoja de tales dimensiones —insistió Kaplan—, yo inventé el Raptor y ustedes han hecho de una operación meramente científica, un experimento militar. ¿Qué beneficio persiguen?

Dehart solo miró con una expresión de impotencia a Kaplan mientras soltaba una bocanada de humo.

—Señor, el comando está listo para abordar el Raptor, esperan sus órdenes.

Dehart caminó hasta el ventanal de la sala de control que daba hacia el enorme salón donde un imponente vehículo negro se preparaba para la Operación Ictis. Diez *marines* especialmente entrenados, vestidos totalmente de negro, permanecían formando una línea perfecta a un costado de la nave, esperando la orden de iniciar la misión.

Kaplan se acercó a Dehart y le recordó una vez más:

—General, todavía es tiempo de reconsiderar.

El militar solo hizo una mueca de molestia por la presión que ponía el científico en él, prendió su micrófono y con voz firme gritó su orden:

—¡Adelante!

Los marines hicieron el saludo militar y subieron por la rampa del vehículo.

El Raptor no solamente era el más moderno *stealth* propulsado con energía nuclear, sino que gracias a los descubrimientos del doctor Kaplan era una máquina de tiempo. Solo la energía nuclear podía activar el mecanismo transportador controlado por una sofisticada computadora llamada T-Rex que formaba un campo de fuerza que abría un portal en el tiempo.

El cuarto de control era un enjambre de pantallas conectadas a la computadora maestra de la base que mantenía comunicación con T-Rex a través del tiempo y el espacio.

—Iniciando cuenta regresiva para despegue —se oyó la voz del jefe de control—. Quince, catorce, trece…

Un controlador operó un botón que inició un sonido intermitente, ronco y ensordecedor. Luces rojas giratorias se activaron, el techo del recinto se abrió como el diafragma de una cámara fotográfica, el suelo se estremeció y la sala de control montada en una torre y la plataforma en la que yacía Raptor empezaron a ascender.

—Ocho, siete, seis…

Al llegar al exterior la vista era imponente, el complejo de lanzamiento de Raptor era parte del colosal portaviones Freedom que incursionaba por el Mediterráneo oriental. En el interior de Raptor el piloto prendía los motores y activaba el transportador nuclear.

—Tres, dos, uno… ¡Despegue!

Los motores de elevación vertical rugieron y aquel pájaro metálico negro se elevó suavemente.

—Todo se ve bien, Raptor. T-Rex dice que en dos minutos el transportador estará listo para dar el salto.

—¡Entendido! —se escuchó la voz del comandante Newport, cabeza de la Operación Ictis. Raptor dejó de moverse verticalmente para deslizarse hacia el frente e iniciar el viaje a su destino.

Mientras tanto, el doctor Kaplan cerraba los ojos y se abstraía en sus remordimientos.

Nunca debí haber puesto este proyecto en manos del Ejército, pero... eran los únicos que podían financiar mi investigación y la construcción de Raptor, se decía a sí mismo tratando de justificarse. La voz del comandante Newport lo sacó de sus pensamientos.

—Listos para el salto, T-Rex indica que estamos en condiciones para abrir el portal.

—Adelante —se escuchó la orden del general Dehart.

El piloto operó hacia adelante una palanca en el tablero de control y Raptor disparó un haz de luz que abrió un hueco oscuro, unos cientos de metros adelante de su posición. Los motores aceleraron y el Raptor cruzó por el portal que se cerró unos segundos después.

La tripulación experimentó una alucinante visión al cruzar el portal del tiempo. Sus cuerpos dejaban un rastro deformándose en una estela infinita, como si su materia fuera elástica y se estirara detrás de ellos. Pero solo duró unos segundos cuando el reactor transportador estabilizó el espacio dentro de Raptor.

—Todo en orden control.

—Buen salto Raptor. Están en zona X.

Así bautizó Kaplan al pasadizo que conducía a otro tiempo y espacio.

—Acercándose a objetivo —se escuchó la voz del operador que supervisaba la posición de la nave en las dos dimensiones.

Desde las ventanillas laterales de Raptor y el gran cristal al frente, se veían lamparazos como de un estroboscopio y la frenética sucesión del sol y la luna en el horizonte. Miles de días transcurrían en unos segundos, pero el sol y la luna tenían una trayectoria opuesta a la normal. Raptor viajaba al pasado.

—Raptor, ¿listo para salir de zona X?

—Estamos listos control.

El piloto manipuló hacia atrás la palanca, desacelerando el transportador y los motores de la nave. La tripulación entonces experimentó la visión contraria, por unos segundos vieron que sus cuerpos, que dejaban una estela de materia, se compactaron nuevamente y con un estruendo Raptor cruzó el portal de salida a la dimensión normal.

—Estamos fuera, control. Jerusalén, año XXXIII.

—¡Perfecto! Están a diez kilómetros de su destino, desaceleración total y cambien a descenso vertical silencioso.

La enorme ave descendió suavemente sobre la superficie arenosa, fuera de la zona más arbolada que surgía a unos metros.

—¡Control, confirme el tiempo exacto! —preguntó Newport mientras los motores y el transportador eran apagados, y los *marines* se disponían a salir del vehículo.

—Está confirmado, Huerto de Getsemaní, año XXXIII, ocho de abril, debe ser un martes de acuerdo a T-Rex.

—Muy bien, procedemos. Cabo McBride, ¿está listo?

—¡Sí señor! —contestó el *marine* que era experto en lenguas muertas, especialmente en latín culto y popular, arameo y el israelí antiguo. Se necesitaría comunicación con los locales y McBride era el encargado.

El piloto operó la rampa y el pelotón descendió cautelosamente. Newport encabezaba el grupo que sigilosamente entró a la zona arbolada. Vieron una luz débil y vacilante que apenas se percibía a lo lejos. Caminaron hacia ella. Ocultos entre los árboles y maleza se quedaron atónitos ante la escena que estaba frente a sus ojos.

Un grupo de soldados discutía con un grupo de personas sencillas de ropajes un tanto sucios y raídos. De entre los soldados, surgió alguien que se acercó y dio un beso en la mejilla al personaje que estaba en el centro del grupo. Ese hombre era un poco más alto que los demás, con una presencia que lo hacía el foco de atención. Un soldado se adelantó para tomarlo del brazo cuando uno de los individuos que lo acompañaba sacó su espada y le hizo un profundo corte en la cara.

—¡Ahora! —gritó Newport y los *marines* dispararon contra esa multitud. Todos cayeron alrededor del hombre más alto, quien se mantuvo erguido sin manifestar sorpresa. El somnífero que contenían esos dardos era de efecto inmediato y larga duración. El pelotón de individuos de negro se acercó al sujeto de cabello largo que permanecía sin moverse.

—¡Salve maestro! —McBride lo saludó en arameo.

—Han hecho un viaje muy largo —respondió el hombre del pasado en un inglés claro y perfecto.

El grupo no pudo ocultar su sorpresa.

—Jesús de Nazaret, venimos por ti —dijo Newport en cuanto salió de su asombro.

—¿Qué quiere la gente del mañana del hijo del hombre? —dijo Él. Cada palabra sorprendía a los *marines*, incluso al sargento Alí Hasam, quien era de origen árabe y de religión musulmana.

—Queremos protegerte llevándote a nuestro tiempo —dijo Newport dudando por un momento si Jesús entendería el concepto detrás de sus palabras.

—Ustedes son como niños descubriendo las habitaciones de la casa de mi padre —dijo el nazareno sonriendo levemente—, pero deben estar conscientes que hay lugares prohibidos.

Newport no se detuvo a reflexionar las palabras escuchadas. Con una seña le indicó que caminara con ellos y Jesús aceptó.

Hasam no perdió la oportunidad, mientras se dirigían al Raptor, de explorar la autenticidad de alguien que su religión consideraba solo un profeta.

—Jesús, eres realmente...

El hijo de la casa de David volteó a verlo con una mirada profunda y serena y el sargento Hasam no continuó con su pregunta.

—Antes de saber mi respuesta debes pensar si mi verdad puede ser la tuya —respondió el nazareno.

Hasam comprendió, bajó la mirada y siguió caminando.

—Control, el equipo ha vuelto a Raptor y llevamos a... Ictis —el piloto informó mientras veía entrar a cada *marine*, pero no pudo evitar hacer una pausa cuando vio entrar a aquel enigmático ser en la larga túnica.

—Muy bien Raptor, inicie el retorno —ordenó el general Dehart.

El retorno de Raptor siguió el protocolo usual. Se deslizó sobre el pasaje del tiempo, aterrizó suavemente en la plataforma del portaviones y el complejo descendió hasta las entrañas de la gigantesca nave nodriza.

—¡Esperen! ¡Ese no es Ictis! —gritó Dehart desde la sala de control. Sus palabras retumbaron a través del altavoz.

El pelotón se detuvo paralizado ante la reacción del general. Se miraron entre ellos y Newport esbozó una leve sonrisa.

Allá, muy atrás en la historia, un hombre caminaba con paso firme entre la vegetación hasta llegar donde yacían unos cuerpos tirados. Se inclinó sobre uno de ellos que tenía una profunda herida en la cara, lo tocó y la sangre dejó de fluir. Se sentó en una roca, mientras ellos despertaban, a esperar su destino.

Modales

Marisol Rodríguez

—Buenas noches.

—No me las desees. Preferiría que me las mostraras —le dijo. ¡Por fin se había atrevido!

Ese aturdimiento, ¿tendría alguna consecuencia, o se tomaría como una picardía?

Con cierto decoro extendió su mano. ¡Vaya valentía, ahora se escondía! Su mano fue recibida con un jalón fuerte que le robó el balance y como buena vuelta en un tango cambió de posición con su pareja. Fue entonces cuando quedó a milímetros de sus labios, casi suplicando. Justamente cuando pensaba que estaba a segundos de... sintió unos labios apretados en contra de la palma de su mano. No, no quería admitir hasta donde había llegado ese beso. La conmoción fue tal, no se percató que ya se encontraba dentro de su departamento.

—¿Y ahora? —se preguntó.

Antes de que su cerebro comenzara con el bombardeo escuchó:

—Siéntate —obedeció porque no encontraba qué hacer.

Notó que le quitaban el calzado izquierdo y con una gran agilidad el derecho. Comenzó besando, lamiendo, chupando cada dedo de los pies con un esmero que llenaba de viscosidad su entrepierna. Cerró los ojos. Cada vez que la lengua encontraba una guarida, sus pechos rozaban con la tela de su camisa y se asomaban imponentes. Su cuerpo resbalaba, mas su ropa le impedía. Sigilosamente se despojó de su atuendo, hasta llegar al suelo.

Cada movimiento de aquella lengua le confundía de tal modo que ya no sabía exactamente en dónde se encontraban aquellos labios.

—¿Cómo está la noche? —escuchó. A punto de ahogarse con las palabras respondió:

—Muy buena —agradeciendo la pausa, se gritó silenciosamente: «¡Muévete! ¡Haz algo!». Antes de que la última sílaba secuestrada por el silencio se perdiera, aprisionó aquel cuerpo desnudo, bocabajo entre sus piernas.

Comenzó apretándole las caderas con sus muslos, besándole la nuca, una vértebra, otra vertebra, deslizándose sobre montañas y grietas. Aquel cuerpo respiraba su ritmo. Se entrelazaban. Besando. Mordiendo. Hundiendo dedos, miembros, pechos, lenguas. Las espaldas se arqueaban con la urgencia de la carne. Los sudores ya no tenían dueños. Solo se encontraban pezones endurecidos bajo una leve mordedura y unas manos que se aferraban a las nalgas como si fueran a desplomarse en un abismo. Eran, bocas en bocas. Bocas en pechos. Labios en ombligos. Lenguas en néctar salino delineando cada pliegue de placer. Entradas y salidas. Salidas y entradas. Consonancias que solo producen dos cuerpos ardiendo, incitados en el trance de los sentidos, dos cuerpos encharcados, envueltos en zumos y saliva. Se arroparon en el respirar agitado. Solo se oía el empalme de cuerpos.

«Ahora sí te demostraré las buenas noches», escuchó. Y como si tuviese el cuerpo poseído, sintió el tibio venir de todos sus amantes pulsando en un solo instante. Se escuchaban nombres y gemidos, gemidos y nombres, gemidos, gemidos. Su cuerpo no dejó de palpitar. Como olas de un mar cósmico, vi-

braban en el espacio que solo existía por aquel conjuro: el conjuro leve de unas buenas noches.

Una nueva oportunidad

Patricia Gabela

«Ya me comprometí, ahora tengo que hacerlo», dijo la doctora Pathia, en un soleado domingo de primavera. Las otras casas en su vecindario estaban proponiendo una venta de garaje colectiva y ella decidió participar. Su casa tenía un ático lleno de recuerdos, había cosas que pertenecieron a su abuela Aidania, a su bisabuela Irenia y a su tatarabuela Escolia.

Empezó a separar y clasificar las cosas que vendería. Encontró polveras, cepillos, binoculares, peinetas, zapatos y hasta un camafeo de su tatarabuela. Las horas transcurrieron y ella tenía llenas ya varias cajas con muchos artículos interesantes que pensó les gustarían a los compradores. Al seguir moviendo cosas llegó a un rincón del desván y atrás de un manto de telarañas vio colgado un vestido amarillento de fina seda italiana con motivos dibujados en sepia. Era un traje antiguo, largo hasta los tobillos, con encaje en el cuello y los puños, ceñido en el talle y de caída recta. Al ver el ropaje sintió una atracción especial y quiso probárselo. Tenía una prisa inusual por sentir el material del atuendo en su piel. Se despojó rápidamente de su ropa, subió el vestido por encima de su cabeza para deslizarlo primero por los brazos. Conforme iba descendiendo, la tela se iba amoldando a su esbelto cuerpo como si un poder etéreo la estuviera ajustando en ese instante para dejarlo exactamente a su medida. Ni siquiera tuvo que abotonarlo porque en el momento que el vestido quedó en su lugar inmediatamente se cerró la tela quedando perfectamente sellado. Pathia, una doctora en física cuántica, se quedó petrificada pues no podía encontrar una explicación científica.

Haciendo un recorrido visual detectó un antiguo espejo de pie que estaba recargado sobre un armario, se acercó para ver reflejada su figura dentro de aquella vestimenta que se había convertido en algo especial. El espejo estaba manchado y parecía que las arañas habían hecho su residencia sobre él. Se apresuró a limpiarlo, lo movió y lo colocó en un lugar cerca de la pequeña ventana del tapanco para que la luz del sol le permitiera ver mejor su figura ataviada con la vestimenta que, estaba segura, perteneció a Escolia, heredó Irenia y usó también Aidania.

Al verse con el atavío puesto notó que lo que antes pareciera ser solo un patrón del estampado de la tela, ahora, y gracias a la ayuda del espejo, se estaba convirtiendo en un escrito, parecían haber palabras y fórmulas. Ella sabía que su tatarabuela Escolia había descubierto algunas teorías científicas, pero también supo que al tratar de exponerlas la tacharon de bruja y para no morir quemada en la hoguera, ella decidió deshacerse de sus descubrimientos. Pathia había revisado con mucho cuidado todos los papeles que habían quedado de las épocas de su parentela pero no había encontrado ningún apunte científico. La doctora corrió a buscar su computadora y su cámara. En el camino decidió pararse frente a un espejo grande y bien iluminado que tenía en la sala de su casa. Para su sorpresa, no pudo ver ni un solo símbolo en el vestido, este volvió a aparecer ante sus ojos como una simple tela con un diseño estampado y nada más. Llevó su ordenador y su dispositivo fotográfico al ático junto con una lámpara que emitía luz de día y se colocó nuevamente frente a aquel espejo antiguo. Se quedó atónita, estaba descubriendo que la madre de su bisabuela había dejado algo escrito en el vestido y que solamente se podía decodificar usando ese espejo en particular.

Trató de retratarlo para después estudiar con calma lo obtenido y lograr una traducción confiable, pero para su sorpresa las impresiones digitales mostraban solamente líneas y flores, ni un solo símbolo. Pensó que si seguía buscando, tal vez encontraría un libro o algo que la ayudara a entender lo que decía la tela. Trató de quitarse el vestido y colgarlo en un gancho para no maltratarlo, pero no pudo, pareciera que estaba pintado sobre su piel. Con mucho cuidado, para no rasgar la prenda, se dedicó a la búsqueda de algún manuscrito que pudiera estar oculto en algún rincón. Fue inútil, no pudo detectar nada. Pensó que tal vez si encontraba el tintero y la pluma, que pertenecieron a su tatarabuela, podría escribir algo para después llevarlo frente al espejo y tratar de encontrar alguna relación que la ayudara a entender los escritos en el vestido.

No encontró objetos adicionales, lo único que tenía era ella misma, vestida con letras y símbolos y un viejo espejo. Con eso tendría que trabajar para determinar qué era lo que había dejado la abuela de su abuela.

Los días pasaron y Pathia cada vez salía menos del ático porque conforme avanzaba el tiempo los escritos del vestido se hacían más claros para ella. Aparecieron una serie de cálculos espaciales que apuntaban a cierta dirección en el universo. El idioma en el que estaban escritos se hizo más evidente cada día y en su mente empezó a darse cuenta de que además había instrucciones para reunirse con sus antepasados en un punto del cosmos.

Un día, en el cuello del vestido aparecieron unas instrucciones muy claras, indicándole que se parara frente al espejo durante una hora. Así lo hizo y descubrió que, al estar frente a su propia imagen, y en ese tiempo específico, los cálculos cobraban realismo, efectivamente había un lugar predeterminado en la galaxia. Al final de la hora, las instrucciones cambiaron, indicando con claridad que al siguiente día se parara frente al espejo por dos horas. Durante ese par de rapidísimas horas, la doctora descubrió información precisa acerca del punto indicado en el universo. Quiso quedarse más tiempo para ver si obtenía más datos pero fue en vano, solamente obtuvo las instrucciones para el día siguiente, tres horas. Así, las órdenes sobre la tela cambiaron día con día, incrementando el tiempo, dándole a Pathia cada vez más información y a su vez dejándola totalmente intrigada.

Cada día que pasaba, Pathia desmejoraba, ya no salía del ático para nada y no tenía interés en comer o beber algo, solamente quería estar cerca del espejo y tratar de entender el torrente de fórmulas que estaba recibiendo. No se pudo quitar el vestido y tampoco quería hacerlo, ya que se sintió compenetrada con su abuela, su bisabuela y su tatarabuela. Al undécimo día, cuando se le pidió que pasara once horas frente al espejo, ella sintió que al llegar al minuto cincuenta y nueve, después de la décima hora, el alma se le salió del cuerpo. El espejo empezó a vibrar y a congelar el tapanco, todo se cubrió de una fina escarcha blanca y de una neblina que congelaba los huesos y no permitía ver. La doctora se aproximó al espejo que la estaba atrayendo fuertemente y, en instantes, su esencia empezó a ser absorbida, poco a poco, hasta dejar el vestido vacío que cayó lentamente al suelo.

Al cruzar el plateado portal se encontró con partículas de polvo cósmico que la envolvieron en un capullo y la transportaron por un sendero con una corriente magnética. Sin cuestionarse se dejó llevar, viajó por segundos, minutos o años, no lo pudo descifrar, pero llegó a un lugar en el que no había más que un espacio cubierto de oscuridad y cuatro enormes diamantes cristalinos y brillantes colocados en un cuadrado perfecto. Ella se sintió atraída hacia una de las piedras preciosas y suavemente se colocó encima, en una de las esquinas. Repentinamente aparecieron tres hermosas mujeres envueltas en túnicas blancas. Al principio no las reconoció, pero conforme se acercaron a ella supo que eran Escolia, Irenia y Aidalia. La emoción de verlas fue indescriptible. Ahora las cuatro eran iguales, jóvenes, con graciosas figuras, llenas de energía y flotaban en el espacio.

—Ahora sí estamos las cuatro, tenemos cubiertos los puntos cardinales —dijo la tatarabuela—. No hubiéramos querido traerte tan pronto pero la Tierra está en grave peligro, es cuestión de días o semanas para que se destruya completamente y es nuestro deber ayudar a la humanidad y a las criaturas que la habitan.

—¿Por qué me trajeron a mí y no a mi madre? —preguntó Pathia con mucha curiosidad.

—Tu madre no tiene los poderes necesarios, tú, en cambio, naciste con ellos —le dijo su abuela.

—Toma, ponte esta túnica blanca, no tenemos tiempo que perder —le dijo Escolia.

Al ponerse Pathia dicha vestimenta sintió que por el cuerpo le recorría una energía positiva que la inundó y la hizo entender que su propósito en la vida era ayudar a quienes pronto lo iban a necesitar.

Aidalia se colocó en el norte, Irenia en el sur, Escolia en el este y Pathia en el oeste. Las cuatro mujeres levantaron los brazos y surgieron unos finos hilos de energía que conectaron la punta de sus dedos. Las cargas positivas y negativas se alinearon creando una red de fuerza negra, de una textura finísima con espacios diminutos que gradualmente, con los ligeros movimientos de sus manos, fue creciendo. El tejido se desplegó por encima de las cuatro y comenzó a extenderse hasta alcanzar una dimensión que no se podía divisar a simple vista. Ellas siguieron concentradas haciendo que la malla creciera cada vez más. Cuando alcanzó el tamaño exacto, Escolia les indicó que empezaran a caminar despacio siguiendo el perímetro del cuadrado. Al hacerlo, la malla azabache comenzó a girar y a cambiar de posición. Pathia recordó todo lo que había aprendido de los escritos del vestido y entendió que su función sería envolver a la Tierra, incluyendo a su luna, con esa delicada trama. Levantó sus brazos y con un movimiento preciso que había sido calculado previamente e indicado en aquella tela que vistió en su ático, lanzó la red hacia la Tierra. Con una precisión infinitesimal logró cubrirla completamente. Las tres mujeres aplaudieron su destreza y se unieron a la doctora para ayudarla a sacar a la Tierra de su órbita tomando cada una de las cuatro puntas de la red. Entre todas jalaron al globo terráqueo y lo transportaron hasta el sistema Mustriopar, donde lo colocaron en la tercera órbita que estaba vacía porque el planeta que antes la ocupaba fue destruido por un meteorito. Este sistema equivalente al solar, con su sol llamado Mustriop y los ahora nueve planetas, está en equilibrio, permitiendo que la vida en el planeta azul transcurra sin cambios.

A lo lejos se vio una tremenda explosión, el Sol se convirtió en una nova y después en una enana blanca, el sistema solar entero se destruyó. Pero el hogar de los humanos se encontraba a salvo. Gracias a las cuatro mujeres el planeta Tierra obtuvo una nueva oportunidad.

Morir con honor… ¿En dónde estoy?

Amílcar Araujo

Aquí estamos, con el corazón exaltado y la adrenalina al máximo. Nuestras *macuahuitls* golpean nuestros escudos de madera y piel tratando de crear el pánico que nuestra fuerza militar siempre ha producido.

Las líneas frontales están formadas por nuestros antiguos enemigos, principalmente la alianza tlaxcalteca, que se vendieron al conquistador para derrotarnos. Tras ellos, agazapados cobardemente y protegidos tras los cuerpos de nuestro ingenuo oponente está nuestro verdadero objetivo, los hombres barbados que son uno con sus bestias y tienen palos que escupen fuego.

Nuestro rugido hace que la tierra se estremezca y sé que el terror de los que osan desafiar a la gran armada azteca es nuestro mejor aliado. Yo soy Katehuapán. Formo parte del batallón de los guerreros jaguar. Somos los primeros en entrar en combate rompiendo la línea del enemigo. Nuestras *macuahuitls* cercenan cabezas, brazos y piernas y esta vez no tomaremos prisioneros, como en las Guerras Floridas, para sacrificarlos a Huitzilopochtli; ahora la misión es detener al invasor a cualquier precio, aunque tengamos que ofender a nuestros dioses o morir en el intento.

El sudor se mezcla con la sangre que salpica el enemigo abatido; por cada uno de nosotros que cae, despachamos a quince enemigos al infierno de la Coatlicue. Es una matemática aceptable y honorable porque cada uno de nosotros que cae usa los cráneos de sus víctimas para construir su escalinata a la gloria.

La lucha continúa, los caballeros águila llegan como segunda línea de combate. Con su chillido que inflama los oídos, arremeten contra el enemigo con sus lanzas, certeros como siempre, ensartando corazones, abriendo pechos para que los espíritus escapen de sus cuerpos.

Mi *macuahuitl* se mueve incansablemente y enfrento guerreros de singular valor que seguramente serán reconocidos por sus dioses. Los que mueren, hoy mismo estarán rindiendo cuentas en sus respectivos cielos o infiernos.

Ufff... ufff... la respiración se dificulta, el cansancio se empieza a apoderar de mí y de otros jaguares y águilas abriendo el camino para las tropas posteriores; pero mi adormecido brazo tiene que seguir incansable su devastadora misión, para eso vivo y para eso fui entrenado. Además, la sed de venganza contra el opresor da vigor a mi espíritu.

¡Agh! De tres enemigos que me atacaron, uno de ellos logró hacer una profunda herida en el brazo con que sostengo mi escudo. Ninguno de los tres vive para contarlo. Mi *macuahuitl* ya está cubierta de sangre pero estoy dispuesto a impregnarla del rojo líquido de aquellos que han tomado a nuestras mujeres, asesinado a nuestros hermanos e hijos, y saqueado nuestros templos.

Caen las últimas líneas de tlaxcaltecas y sus aliados y en un parpadeo quedamos frente al demonio llamado Cortés, transformado en un gigante de dos cabezas y cuatro patas y sus huestes de seres infernales cubiertos de metal. No hay tiempo para recuperar el aliento, los jaguares y águilas restantes nos lanzamos al ataque. Un ensordecedor ruido nos aturde, cientos de truenos se escuchan y mis compañeros caen fulminados en una lucha en la que el valor y la fuerza del brazo es lo que menos importa ya que el enemigo tiene el poder y la magia del fuego. Yo sigo blandiendo mi *macuahuitl* y aunque el dolor en mi brazo es insoportable todavía sostengo el escudo. Mientras me acerco al mismo Cortés, me salen al paso sus demonios protectores, cubiertos de metal y llevando espadas largas y angostas. Sus cuellos y sus brazos también encuentran el filo de la obsidiana. Ruedan por el terregoso suelo los trozos de metal y la carne unida a ellos. Ya estoy a un paso de Cortés. Dejo caer mi escudo y aunque el dolor de mi brazo herido es intenso, con ambas manos sujeto mi arma para asestar un golpe que termine con la vida del demonio barbado y... ¡CABUUUM!... el trueno me alcanza. Mi pecho arde, la sangre sale expulsada, mi vista se nubla y mis piernas pierden fuerza para sostenerme. Caigo de rodillas y veo que Cortés se agiganta mirándome con desprecio. Siento mi cara golpear sobre la polvorienta superficie del suelo y aunque no he cumplido mi misión sonrío porque tengo cráneos de sobra en mi registro de enemigos muertos para acercarme a uno de los trece cielos de Cipatlic. Estoy muriendo con honor, cumpliendo cada uno de los requisitos para ser un guerrero triunfante en la otra vida. Lucho dolorosamente por respirar y alcanzo a ver una extraña bota de cuero que se apoya junto a mi rostro, oigo una lengua extraña y siento que algo punzante cruza mi espalda hasta mi pecho con un dolor que oscurece mis sentidos y hace que el campo de batalla se haga cada vez más lejano, mis ojos dejan de ver... el dolor desaparece. En un momento veo una lejana luz... una luz muy intensa que asumo es la de Teotl, dios sol y... yo floto para llegar a ella... pero... ¿dónde está mi escalinata de cráneos? Y... ¿qué hago frente a este portón blanco que se abre lentamente?

Esperen, algo debe de estar mal. Hombres y mujeres pálidos con alas como pájaros y túnicas blancas flanquean la entrada. Se escucha música extraña y un hombre barbado como Cortés con una sonrisa me da la bienvenida y me dice que se llama... ¿Pedro? O algo así... y me invita a entrar. «¡NOOO... OH DIOS HUITZILOPOCHTLI... SÁCAME DE ESTE INFIERNO...!».

El umbral

Ángeles Casasola

«Torre 3 Cuarto 220, bienvenido».

Mi nombre es Alma. He tenido tiempo para pensar y meditar sobre mi vida y lo que he dejado atrás. Cuánto bien o cuánto mal he hecho durante mi paso en esta tierra. Al fin he decidido dar una vuelta a la página de mis recuerdos. No es fácil, durante mucho tiempo pensé que había sido un sueño, un espejismo. A estas alturas sé que es verdad. ¿Qué hay más allá del umbral de la muerte? Una pregunta que todos se hacen y pocos somos los que vivimos para contarlo. Aquí, justo aquí, en este lugar comenzó todo, la verdadera conciencia de mi ser.

Eran las diez de la noche de un frío día invernal, tenía treinta años, mi mente divagaba en recuerdos. Mis pensamientos recorrieron los pisos blancos, las sillas azules, los ventanales brillantes, relucientes y limpios, pasillos interminables, luces por doquier, cámaras, enfermeras, doctores. Detrás de esos ventanales vi miradas tristes, cabizbajas rostros dolientes, ojos llorosos, corazones llenos de tristeza, angustiosas palabras reprimidas. Yo, desde el otro ángulo, en un rincón, donde nadie notaba mi presencia, temblorosa observé, respiré profundo, pausadamente, para no incomodar, ahí en ese lugar todo era frío, las personas entraban y salían.

De pronto la observé ahí, estaba en esa camilla, recostada sin fuerzas. Pasó junto a mí alguien que corría, se escucharon gritos, pasos, todo era confusión, algo fatal estaba pasando pero no lograba distinguir. La seguí. Corrí tras ella. Logré acercarme. Pregunté algo. Me di cuenta que nadie me escuchaba. Un hombre de bata blanca se acercó. Observé, era un doctor. Se aproximó a ella tratando de reanimarla. Ella no respondió. Siguió sin moverse. Él ordenó a una enfermera:

—Vamos, rápido, se está yendo, necesitamos el desfibrilador.

Me adelanté para poder ver y traté de gritarles desesperada. Les hice una seña. Pasé frente al médico pero me esquivó. Parecía no mirarme. Sentí que estaba flotando y me alejé. Volví. De pronto escuché mi nombre: «Alma, Alma no te vayas». El doctor comenzó con el desfibrilador. Una, dos, tres veces. Una descarga de 300 julios. Otros 300. No había reacción. 360. Vi con terror el cuerpo agitar. Horrorizada me miré ahí, recostada sin aliento.

Silencio. Todo era silencio. Me inundó un escalofrió que recorría mi piel. No sentí mi cuerpo, estaba tan ligera. «Alma, regresa». Esa voz otra vez. Volteé. Los vi consternados. Una mano tocó la bata blanca. Se escuchó: «Doctor, no hay más nada que hacer, ella no está aquí; se fue». Corrí de prisa. Vi. Me acerqué más, ahí estaba. Era yo, Alma. Mi cara lucía tan pálida, demacrada, y sin fuerzas. Traspasé mi propia piel. No comprendía. Me pregunté: ¿Cómo pasó esto? ¿Cómo llegué aquí? Una y otra vez ellos me decían: «¡Regresa!». Me acerqué a su oído. Susurré: «Estoy bien». Ellos no me escucharon. Un pavor escalofriante me invadió. En segundos todo vino como una ráfaga de viento. Me vi ahí sola y triste. Lloré desconsoladamente. De pronto una voz me dijo: «Pasará, ven, sígueme, te mostraré una parte de la vida que nadie conoce. Toma mi mano, no temas».

Al voltear solo vi sombras. Luego mi vista se aclaró un poco. Una figura alta, juvenil y alegre me inspiró confianza. Era un ser lleno de luz. Sin dudarlo lo acepté. Tomé su mano. Nos elevamos. Miré hacia abajo. Vi mi cuerpo inerte. Me di cuenta claramente que estaba en la sala de emergencia de un hospital: Torre 3 Cuarto 220.

—Vamos, Alma —me dijo ese ser—. Será solo un viaje. Vayamos ahora, el tiempo se agota.

Lo miré y su resplandor me cegó. Sentí tristeza al dejar mi cuerpo ahí. Seguimos elevándonos.

—Mira, Alma: eres tú, unos días pasados —me dijo el ser.

Me asombré de lo feliz que parecía. Junto a mí estaba mi esposo, sus manos sobre mi vientre, sintiendo las primeras señales de vida de nuestro bebé.

—Tuviste una vida llena de amor.

Yo sonreí y agradecí con la cabeza en señal de afirmación.

En ese momento no sentí más dolor ni sufrimiento. Estaba lista para pasar a la siguiente etapa. Me vi pasando por un túnel oscuro. No sentí temor. Me hizo recordar al cuadro de siglo XV de Jerónimo Bosch, "Ascensión al Empiriano". Siempre lo admiré y ahí estaba. Era tan parecido pero por supuesto incluso mejor. Este no era una representación del alma pasando por el túnel. Este era real. En ese momento aquel ser me preguntó:

—¿Qué has hecho de bueno en esta vida?

Automáticamente vinieron pasajes de mi vida. Como en una película. Sentí resignación. Era realmente el final de mi vida mortal. Estaba dispuesta a dejarme llevar por esa luz que comenzaba a ver a lo lejos. Irradiaba paz.

Al observar mi vida pasada comprendí que la máscara del hombre se cae. Solo puede verse la verdad. Aparecen todos los detalles en perfecta sincronía con sus colores, sus formas. En ese momento comprendí que nada de lo material importa, solo las buenas obras y los buenos deseos.

Mi espíritu por primera vez percibió la luz del sol claramente. Vi todo a mi alrededor como nunca antes. De pronto aparecieron sombras cuerpos, caras. Conocía a muchos, pero especialmente una cara me era familiar. Sus facciones incluso más frescas. Con plena discreción me acerqué. Ella sonrió, me tocó la cara y me dijo:

—Alma, mi pequeña, no es tu tiempo, allá tienes todavía mucho que terminar.

Sin darme tiempo se comenzó a alejar. Su silueta era mucho más joven. Toda vestida de blanco. Se unió a un grupo de más seres. Todos se comenzaron a alejar. Esa luz inmaculada desapareció.

Seguí caminando dentro de ese túnel y volvió a haber oscuridad. Mis pies se sintieron cansados. Busqué al ser que me llevó hasta ese lugar. Había desaparecido. Entendí que estaba sola.

Una dulce vocecita me dijo: «Mami, aquí estoy. Te necesito». Su manita tocó mi cara. Descendí. Junto a mi cuerpo está un hermoso bebé recién nacido. Había dado a luz un bello ser, por eso debía regresar y mi vida tenía un propósito. Era mi hijo, él me habló, pero nadie pudo entenderlo. En un segundo, una sacudida inundó mi cuerpo. Sentí una descarga eléctrica. «¡Está viva!», gritaron las enfermeras. Poco a poco recobré mi energía y mi vitalidad.

Pasó el tiempo. Ahora soy una anciana de 89 años, nuevamente en el mismo lugar, esperando por esa voz y el mismo túnel cruzar. La diferencia es que ahora estoy lista y no pienso regresar de ese mundo que me espera donde al fin podré descansar y estar en paz. Me alejo. Escucho una voz: «Medicina forense, Torre 3 Cuarto 220».

El gran poder de ser humano

Ani Palacios

Llegó a nuestra villa en medio de la noche. No supe eso a causa de la oscuridad, pues vivíamos en constante tiniebla, lo adiviné debido a que ya nos encontrábamos en el ciclo prescrito para dormir. Mirelka fue la primera mujer erudite que conocí en mi vida. Vestía diferente a nosotros, de una manera majestuosa, con ropajes vaporosos de colores brillantes, cegadores a nuestra vista acostumbrada al negro como único color. Era la víspera de mi cumpleaños. Cumpliría doce por fin y sería enviado a un campamento lejano en donde me harían trabajar veinte horas diarias. Mi madre dijo hasta su último aliento que de no haber sido por Mirelka, nuestra civilización nunca habría conocido nada acerca de su verdadero legado y hubiese permanecido esclava de nuestro monarca, El Gran Tuit V. Yo nací cuando reinaba su padre, Benigno Tuit IV, quien instituyó las burbujas de instrucción. Estas eran unas cápsulas individuales en las cuales de manera solitaria adquiríamos conocimiento del mundo y compartíamos, en ciento cuarenta caracteres o menos, información con extraños.

Nunca antes había visto un libro hasta el día en que Mirelka apareció de súbito, materializándose en nuestra villa en una nube radiante que nos despertó atónitos. Cuando pasó la sorpresa corrimos hasta ella. Al verla nos sentimos desnudos y monstruosos por primera vez, las costras en la piel endurecida por el frío de las cavernas nos daba la apariencia de seres amorfos con la rugosidad de rocas sedimentadas. Ante la presencia de Mirelka nos inundó una vergüenza antes desconocida, al mirarnos

nos vimos frente al espejo que eran nuestros hermanos y sentimos la necesidad de cubrirnos.

Mirelka nos saludó en un lenguaje que se nos hizo naturalmente conocido, aunque no pudimos entender a cabalidad lo que nos dijo. Nunca habíamos interactuado con uno de los seres de "Allá Arriba", los pocos que quedan en el mundo criados en un ambiente de opulencia, educados en escuelas con maestros, en lugar de capsulas con torrentes de información inservible. Mirelka venía de la civilización resguardada que todavía hablaba en oraciones y párrafos completos de más de ciento cuarenta caracteres, los únicos restantes de la civilización y la cultura pretuitera.

Mirelka traía con ella algo que nunca habíamos visto, lo llamó el *Libro de las verdades*. Su misión era viajar a los sitios más recónditos y diseminar información acerca de nuestra verdadera naturaleza, de nuestro verdadero propósito. De pie, en el centro del rudimentario pueblito, cerca de la cocina comunal y la pileta que a la vez servía de manantial para beber y de bañera, estaba yo, mirando con los ojos desorbitados la imponente majestuosidad de Mirelka. Vi que los otros también la observaban estupefactos.

1;500, el mayor de nuestra villa, habló primero y el contador de ciento cuarenta caracteres o menos dio marcha.

—Kin ers? D on vens? #VenditoTuitV.

Mirelka le pidió que borrara la aseveración escrita en el *hashtag* pues le ofendía, pero 1;500 le contestó que era nuestra obligación escribirlo, forzándonos a ser más concisos y archivando todas nuestras conversaciones en el ordenador de la familia real tuitera.

Mirelka no tenía la restricción de tener que comunicarse con ciento cuarenta caracteres o menos. Los erudites eran una civilización remota, del segundo milenio, y que de alguna manera había logrado separarse de la humanidad y mantenerse inmune a los efectos de las redes sociales.

—Vengo hasta ustedes enviada por los erudites. Mi cultura ha sido resguardada a través de este último milenio. Queremos ahora rescatarlos, romper las cadenas de su esclavitud y ayudarlos a reconquistar el espacio bajo el sol que ustedes llaman "Allá Arriba".

—Kmo yeste aki? #VenditoTuitV —preguntó 1655, una vieja que pronto tendríamos que apedrear a muerte ya que sus días productivos habían acabado.

—Allá Arriba existen los súper poderes. Los sabios de Erudite me encargaron hacerles llegar las buenas nuevas. He podido llegar hasta ustedes sin que los guardias me puedan detectar. Solamente ustedes me pueden ver y solamente yo escucho esta conversación.

—Kmo K pedrs? #VenditoTuitV —dijo el contador mayor, 400-666, a quien se le encargaba la tarea de asegurarse que la población se comunicase únicamente con las frases ofrecidas en el *Tuitcionario*, al cual accedíamos constantemente para buscar frases prefabricadas puesto que en el tercer milenio, y en la grandeza de la civilización tuitera, la humanidad, a excepción de los de Allá Arriba, había perdido la habilidad de comunicarse.

Mirelka miró a todos lados con la dulzura de una madre y la impaciencia de un padre. Continuó diciendo:

—Esta noche les revelaré datos y realidades del *Libro de las verdades*, y mañana me llevaré un niño que celebra su duodécimo cumpleaños. Él ira Allá Arriba conmigo y recibirá entrenamiento en súper poderes. Él podrá traer de regreso una habilidad excepcional que escogerá con mucha meditación; y convertido en erudite, entrenará a un niño cuyo cumpleaños número doce esté al canto del tiempo. Solamente así podrá la Tierra regresar a ser el planeta que fue, con seres humanos de todas clases gozando de sus bienes naturales y de la interacción profunda que únicamente la comunicación verdadera puede conceder.

Mirelka nos pidió entonces que nos sentáramos en un círculo alrededor de ella y que nos tomáramos de las manos. Todavía con miedo, y sin saber qué sucedería, nos tocamos. Hasta ese entonces solamente las mujeres eran permitidas ser acariciadas cuando iban Allá Arriba para ser fertilizadas por los seleccionados en el ejército tuitero. Primero se acercaron las puntas de los dedos; luego, poco a poco fuimos engarzando palma contra palma, dedo entre dedo. Fue entonces que sentí esa emoción de tocar a otro ser humano recorriendo mi cuerpo y me dije a mí mismo que ocurriera lo que ocurriera, aquella era una sensación que definitivamente quería volver a experimentar.

Una vez que estuvimos todos tomados de la mano, Mirelka abrió el *Libro de las verdades* y con una voz que incitaba todos nuestros sentidos dijo:

—Antes del advenimiento del primer tuit, el hombre y la mujer estaban permitidos de mirarse a los ojos, de agarrarse de las manos, de besarse en la boca. Estaban permitidos de dialogar y expresar sus emociones —reveló mientras todos la mirábamos con los ojos tremendamente abiertos, más por la tibieza sin igual de las manos engarzadas que por sus palabras, pues ninguno entendía mucho de lo que Mirelka nos decía—. En el milenio en donde reinamos los eruditos, el hombre y la mujer estaban permitidos de tocarse íntimamente para fertilizar y crecer hijos.

—Pe' slo Alla rba peden hcr bbs #VenditoTuitV —dijo una mujer que acababa de regresar de la superficie donde brilla el sol con una niña en su vientre, cuyo padre era un soldado al servicio de un pariente de Tuit V.

—Esa es una mentira —aseveró Mirelka, y señalando a una pareja joven les dijo: —Les dejaré instrucciones y ustedes serán los primeros en hacer el amor Aquí Abajo; y germinará de ese amor una nueva raza a la cual protegeremos, llevándolos de uno en uno a convivir con los erudites para que aprendan todos los conocimientos de una civilización maravillosa que fuera despojada por la tuitería. Pero eso sí: todos tienen que ayudar y nadie le puede decir nada a los guardias —pausó y nos miró a los ojos—. ¿Les gusta lo que sienten ahora que sus dedos se entrelazan?

—Zi #VenditoTuitV —contestaron al unísono.

Mirelka sonrió.

—Si siguen mis instrucciones, podrán sentir eso y más siempre. Incluso podrán morar y sentir el sol todos los días Allá Arriba. Y su piel será tersa y podrán usar ropas limpias, coloridas y delicadas como las mías.

Al llegar cerca de la hora del retuit, el momento de alabanza vespertina al supremo Gran Tuit V, Mirelka preguntó:

—¿Cuál de estos niños hoy cumple doce?

Mi mamá me señaló. Podía ver en su mirada el miedo de perderme pues justamente ese día me entregaba a la maquinaria que permitía la permanencia de los Tuits en el poder.

—Tndria pdr de hserlo nino de nvo? #VenditoTuitV —preguntó. En nuestra villa mi mamá todavía conservaba cierto talento para la escritura. Su padre fue un erudite, pero durante la Guerra de los Mil Tuits el abuelo fue arrestado y ella, una niña todavía, huyó Aquí Abajo.

—¿Tú eres la hija de K.A Omeni? —preguntó Mirelka acercándose a mi madre.

—Me llamo Z4001 #VenditoTuitV —contestó mi mamá.

—Pero tu verdadero nombre es Gilea Omeni —Mirelka reveló y abriendo el *Libro de las verdades* mostró una foto de mi mamá y su padre cuando vivían Allá Arriba.

Mi madre alargó el brazo para tocar la foto. Años habían transcurrido y ella no había tenido ningún tipo de contacto con su familia. Miró a Mirelka a los ojos y asintió, sobre la piel empedrizada de su rostro las lágrimas que no lloró en el pasado rodaron y cada grieta quedó humedecida.

—Lo podría convertir en un bebé de brazos si quieres, y así mantenerlo seguro en tu regazo por otros doce años. Pero eso no es lo que realmente deseas —Mirelka aseguró. Mi madre asintió como hipnotizada por la cadencia de la voz de Mirelka, la congruencia con que entrelazaba verbos, adjetivos y sustantivos, llevándola a su niñez creciendo entre los erudites—. Me lo llevaré y lo llamaré Omeniet, en honor a tu padre, nuestro mártir.

Mirelka me tomó de la mano y en un instante desaparecimos y aparecimos Allá Arriba, en Erudite.

Luego de entrenarme en gramática y vocabulario, y mantenerme a tiempo completo en la Unidad de Desconexión de Redes Sociales, los erudites me enseñaron a dialogar, más adelante a pensar por mí mismo y finalmente el arte del debate inteligente. De toda la experiencia, las primeras semanas desconectado de la Gran Red fueron las más difíciles. No sabía que Tuit V manejaba a nuestra raza mediante la adicción absoluta al conocimiento inútil.

Allá Arriba los súper poderes estaban a disposición de todos pero rápidamente percibí que solo unos pocos tenían acceso a los verdaderos poderes. En cada ciudad que visitaba conocí a personas que gastaban lo que no tenían y terminaban debiendo su vida y su familia a Tuit V por seleccionar poderes que luego resultaban "fallados". Mientras los Tuits podían volar por horas, la gente de pueblo salía para un paseo dominical y caía estrepitosamente a medio vuelo. Cuando se acercaban a quejarse, los agentes de los Tuits se reían de ellos y les pedían moneda encima de moneda para conferirles sus deseos.

En otros lugares conocí a pobladores que viéndose pobres de creuits, la unidad monetaria, simplemente pedían súper poderes que resultaban tontos, como el de ver a través de la ropa. Yo me reía y pensaba: *Si supieran que Allá Abajo todos andamos desnudos*.

Me enteré también que algunos hombres pedían el poder de siempre tener su pene erecto pues Aquí Arriba sí podían usarlo cuando quisieran. El problema era que las mujeres estaban reservadas para copular con quien a la familia real tuitera le pareciere; así que al escasear las mujeres el súper poder o se convertía en una molestia voluminosa que los enloquecía u optaban por tener relaciones sexuales con otros hombres y así aliviarse.

Un día, caminando por Erudite, le pregunté a Mirelka cuál sería el súper poder que me convendría elegir. Se detuvo y colocando sus brazos alrededor de mi espalda y acomodando su frente sobre la mía me transmitió una visión que hasta entonces únicamente moraba en sus pensamientos. En ella me vi mayor, como de la edad de los hombres que van al servicio militar. Vestía unos ropajes antiguos y vaporosos, como los de los eruditos. Me encontraba en un gran salón, rodeado de eruditos y tuiteros. Dialogábamos como si fuéramos iguales y llegábamos a un acuerdo de paz que liberaba a mis hermanos de Allá Abajo y a mis amigos, mi familia en Erudite.

—¿Es el poder de ver en el futuro? —le pregunté. Ya para ese entonces hablaba correctamente y en oraciones completas y no bendecía a Tuit V después de cada frase.

—Es el poder más grande, el más importante... y tú eres el escogido para apreciarlo primero y transmitirlo a los demás... —dijo Mirelka, todavía asiendo mi mano entre las suyas.

—¿Qué poder puede ser mejor que saber el futuro?

—¿Acaso no lo sabes?

—¿Si no es volar, ni leer mentes, ni tener la inteligencia de todos los ordenadores en Tuit, qué puede ser?

—Es el poder de ser humano. El más simple pero el más poderoso. Y tú eres el elegido para reactivarlo en este mundo... Difúndelo: #Lo humano me gusta más.

Felipe y el don

Enrique Infante

Tenía las paredes de adobe con afiches y fotografías de mujeres sin ropa, o tan solo en sostenes y calzones de todos los modelos y estilos imaginables. Fotos descoloradas, plomizas y amarillentas, manchadas por líquidos sin identificar. Ese lugar fue inmundo por mucho tiempo, apestaba a orines y a semen. Era como si se entrara a un lupanar sin servicios higiénicos al que nunca le habían hecho el control de sanidad. Unas veces olía como muladar y otras veces como un presidio de los más asquerosos que existen; mezcla de olor a pescado muerto o a gato callejero, fundido con el hedor de su cuerpo sin bañar por varios días.

En ese mismo lugar, don Felipe copulaba a cuanta mujer se le presentara y sin perder la oportunidad. Su amante de turno podía ser una simple transeúnte de cualquier edad, hasta la más fina dama de alcurnia que al haber oído hablar de él se tiraba el viaje a ese barrio popular y alejado, feo y pobretón; arriesgándose a enfrentar como mínimo un asalto, con el único afán de poder calmar un poco a su zorra peluda, que no paraba de cosquillear cada noche en la soledad de su fría residencia. Cosa poco común, ambulantes en busca de amor.

Don Felipe era una especie de "Puto Ad Honórem." Su fama era para algunos fascinante y a la vez misteriosa; para otros, él era como una especie de modelo y mentor sin dejar de ser un hijo de puta y mal parido, por supuesto. Había peleado en la Guerra con Ecuador de manera voluntaria y al volver a Lima ingresó a la Policía Nacional, haciendo frente a diversas manifestaciones y participando en numerosos "Toques de Queda", llamados de esa forma en algunos países sudamericanos; repartiendo "palo limpio" a cuanto zonzo se le ocurriera salir a las calles después de la medianoche en la década de los ochenta.

Por un gran tiempo estuvo peleando en la selva y por sus varios méritos fue enviado a Ayacucho para combatir al terrorismo incesante que crecía a pasos agigantados en aquella época. Llegó a ser un Sinchi, una especie de asesino legal de la policía. Al volver a la ciudad, no se le ocurrió otra cosa que dejar todo eso atrás sin el más mínimo remordimiento de conciencia, y sin importarle los honores ni los reconocimientos.

Renunció y sin más hizo una audición para trabajar en un circo como acróbata, algo que había aprendido a hacer de manera natural cuando aún era un muchacho y todavía vivía en la provincia donde nació. Era un hombre de muchos talentos.

Durante una de las giras mundiales, don Felipe logró desposar a Inés; quince años menor que él e hija del dueño del circo. Se casaron en una ceremonia privada en algún municipio de la ciudad de Hamburgo. Cansados de los periplos constantes decidieron escapar. Al volver a América, decidieron establecerse por un tiempo en tierras aztecas, de donde provenía su ahora consorte, y se dedicaron al comercio ambulante. Don Felipe empezó a hacer de las suyas en varios concursos de natación y clavados libres en la ciudad de Veracruz, por lo que recibió invitaciones para participar en eventos oficiales a nivel nacional. No se interesó por ello y más bien aprendió a tocar el guitarrón, las maracas y la guitarra. Con este último instrumento empezó a conquistar los ojos y los corazones de más de una damisela errante y solitaria. Ellas iban a verlo tocar en las plazas, bares y restaurantes de la ciudad, en los que actuaba con o sin la compañía de otros músicos locales. Don Felipe tenía una voz de tenor heredada de su padre y aprendió a usarla cantando las famosas rancheras de ese entonces.

Pasó el tiempo y luego de emprender una gira a los Estados Unidos con los músicos don Felipe cambió a Inés por las jaranas con mariachis. Allá aprendió el inglés y decidió quedarse por esos lares luego que conociera a Lucy, una hermosa americana de Utah que lo llevó a la iglesia mormona a la cual asistía cada domingo con sus padres. Pero al poco tiempo don Felipe se hartó de esa vida y con lo aprendido por más de quince años de ausencia, agarró sus maletas y partió hacia Lima en un buque mercante.

Sin honores y sin familia, y sabiendo que tenía un hijo de otra mujer por algún lugar en Alemania, decidió descuidarse de sí mismo. Don Felipe sabía que cada vez que fijaba su mente en algo, sin mucho esfuerzo lo podía conseguir. Así, como si fuera una gran decisión de otra de sus aventureras empresas, se dejó crecer la barba y el pelo, y la holgazanería se convirtió en la constante de su vida. No obstante, algo que nunca dejó de hacer continuamente, fue leer. Conocía casi a la perfección la historia universal y la geografía del globo terráqueo. Leía de todo, desde Shakespeare, Rulfo, Dumas y Vallejo, hasta los periódicos locales, las revistas de negocios y las enciclopedias. Eso lo cultivaba. Por su gran léxico, sus muchas aventuras, cualidades, mística y buen parecido, este hombre de tan solo cincuenta y ocho años se convirtió en el don Juan de Breña.

Entonces y de sopetón decidió trocar su rumbo y cuidar su salud y aseo personal. Su vida cambió de pronto y sin explicación alguna.

Las mujeres siempre se interesaron por él; pero ahora lo veían como a un padre, un gran amante y como la persona más culta del barrio. Las solteronas, viudas, o mujeres cuyos maridos desaparecían todo el día, eran las preferidas de don Felipe y él sabía cómo conquistarlas. Lo curioso de todo esto, es que llegó a caerle bien también a los hombres del barrio y era un "consentidor" de los niños, a quienes repartía golosinas todo el tiempo.

Cada mañana Chavela le llevaba el diario, preparaba el desayuno y luego lo afeitaba. Sofía se bañaba con él y le compraba su condumio de mediodía. Elena María, de tan solo diez y ocho años jugaba ajedrez y cartas con él por días enteros. El que ganaba podía pedir que el perdedor le cumpliera una fantasía sexual. Así, mientras don Felipe se vanagloriaba de su condición de macho casanova, la muchacha aprendía de los más pervertidos juegos y atrevimientos sin límite del viejo.

***

Don Felipe amasó una gran fortuna por años. El nunca paró de trabajar y en el año 1999 tuvo la dicha de ganar el número mayor de la lotería nacional de México. El billete lo compró durante un viaje fortuito a la colonia San Rafael de la ciudad capital. Ese dinero le sirvió para apostar en la hípica, en donde ganó las apuestas hasta en tres ocasiones. Varios miles de dólares que trajo de los Estados Unidos se sumaron a su jugosa suerte, ahorrando todo cuanto pudo en el Banco de Crédito del Perú. Sus padres le habían dejado de herencia el cuartucho en donde vivía solo y al no tener que pagar casa, se quedó a vivir allí. Suerte canina la suya.

En aquella habitación de seis por ocho dejó que el gusto por el arte, las mujeres y la lectura lo cultivaran a tal punto que se volvió un vicioso de cuanto tenía y podía conseguir.

Nunca olvidó su pasión por la música. Decidió aprender a tocar mejor y se inscribió en una academia de guitarra ubicada en el jirón Chancay, en el centro de Lima. Allí terminó recibiendo clases gratis luego que empezara un amorío con la directora del centro y la susodicha le otorgara una beca.

Al cabo de un año empezó a enseñar a tocar guitarra y por allí obtuvo otra fuente de ingresos.

Nunca me olvidaré de él. Al morir me dejó cinco mil dólares americanos con los que mantengo y educo a nuestra única hija, Virginia; aquella que nunca quise que conociera por obvias razones. Su padre era muy bueno, pero muy malo a la vez. Son cosas que yo nunca entenderé y creo que ella mucho menos lo debe saber. Yo era la única con la que él realmente conversaba. Nuestra relación fue netamente amical, hasta que boba y enamorada yo, decidí entregarme a sus brazos y me dejé seducir por sus maneras y su labia sabrosa y cínica. Han pasado diez años desde su partida. Me alegra que ya no esté por acá. Tal vez nunca lo supo; pero hizo sufrir a muchas personas. Hasta la fecha mi hermana Elsa no me quiere hablar, pues piensa que se lo quité. Felipe nunca fue de nadie… nunca. Ni con sus dones. Miserable.

Carroña

Marisol Rodríguez

La primera vez que observó cómo un ave de rapiña pacientemente picoteaba los restos de un coyote, quedó en un trance. El ave metía su pico en el hueco pélvico, después sacudía su cabeza como si quisiera espantar un mal pensamiento. Luego se escuchaba el crujir de la osamenta rendida ante su fuerza, desgarrando los pocos tendones restantes con la punta de su pico. Aquellos restos eran un manojo de fibras. El sol del desierto los enhornaba. «Capaz que serían como tasajo, carne seca», se dijo. Estaba convencida que el zopilote con su pico ágil solo deshebraba lo que la naturaleza le ofrecía; luego como buen comensal, bajando la cabeza con aquel cuello carente de plumas, agradecía. Por varias semanas ella pasó horas muertas observando sus vuelos circulares y su apetito voraz. Le pareció un rito encantador.

Fue un miércoles, cuando sentada frente al televisor vio cómo un hombre halaba un auto de cuatro puertas con un aparato atado a sus hombros. «Mi boca, ¿tendría esa fuerza?». Atrapada por sus vigilias comenzó a dejar fuera de la nevera la carne cruda que compraba. Desde entonces su dieta se convirtió en un experimento. El calor del desierto fue su cómplice. Dejaba la carne afuera dos días, tres días, cuatro, cinco, seis, siete días, hasta que por fin perdía la cuenta. Admiraba a los enjambres de moscas restregando sus patas y defecando en la carne. Pasaron las semanas, ella solo lograba pensar en el zopilote, dedicado y educado, limpiando lo restos que otros descartaban. Comía y comía.

Un día vio las larvas de las moscas moviéndose de un lado a otro, como dándole vida a la carroña. Se le retorció el estómago, mas lentamente comprendió el sacrificio: La vida... surge de la muerte. En ese mismo instante clavó sus uñas en la carne y arrancó un pedazo. Abrió su boca y suavemente colocó un pedazo de músculo putrefacto repleto de larvas en su lengua. Cerró su boca y el cosquilleo de los gusanos surtió su efecto. Sus dientes en contra de aquella masa gelatinosa, antes roja y ahora marrón verdosa grisácea, solo servía para recordarle lo que le recalcaron cuando era niña: «Debes masticar lentamente, es de mala educación no hacerlo».

Juegos de seducción

Ángeles Casasola

Estoy en casa encendiendo la chimenea. Es un invierno frío. Afuera la nieve cae en pequeños copos y la solitaria calle parece no tener fin. Acabo de llegar después de un día largo de trabajo, solo quiero sentarme y pensar en ti. En este instante daría cualquier cosa porque estuvieras junto a mí, pero no me queda más que el consuelo de esta carta que escribo y espero puedas leer sintiendo cada una de mis letras dentro de tu alma. Me acerco al calor del fogón pensando en esa forma tan sutil de tu cuerpo. A veces me siento como un amante solitario. Otras, te siento tan cerca de mí. Quisiera que nos fundiéramos en uno solo. Pero esta vez es diferente, estás lejos y tú has inundado mi mente y mis sueños. Quiero tenerte otra vez, como aquella noche. Aunque la distancia es muy traicionera, sé que tú estás deseando este momento igual que yo.

Recuerdo cuando te conocí. Fue un poco casualidad, un poco destino. Tal vez fue lo que debía de pasar. Era una noche cálida de verano y ambos fuimos invitados a la casa de un amigo en común. Cuando entré al lugar no pude dejar de admirar tu figura; te vi hermosa y sensual, pero lejana. Sin pensarlo me acerqué a ti, me presenté y cuando toqué tu mano pude saber que esa noche no tendría final. Te invité a bailar y nuestras manos se acariciaron, sé que tú sentiste lo mismo que yo. Podía sentir tu respiración nerviosa y tal vez excitada, tus ojos negros, tus labios rojos sensuales, tu piel tan suave como un durazno, invitándome a besarla. Sucumbí en tus juegos de seducción.

En susurros estuvimos conversando y bailando, sin despegarnos ni un minuto. Cuando terminó la fiesta te invité a mi apartamento para seguir con la velada. Tus ojos solo brillaron y sin decir más, tomaste tu cartera y nos fuimos. Al llegar, puse música suave y el ambiente a media luz. No dejaría pasar esta oportunidad. A esas alturas me hubiese vuelto loco si no tocaba tu cuerpo. La música seducía los sentidos y bebimos un vino. Tú te dejaste tomar por la cintura y sentiste mi cuerpo viril enardecido y loco por besarte. Rocé tus labios con los míos, nuestras lenguas jugaban ya un juego delicioso. Saboreamos nuestras salivas y comenzamos un baile más erótico, más atrevido. No llegamos ni siquiera a la cama; ahí, en la sala, cualquier lugar era perfecto para comenzar.

Pude sentir tus pechos firmes y dispuestos a jugar, mi mano se deslizó por tu escote y palpé tus formas, tus tamaños. Tú, atrevidamente, deslizabas tus manos entre mi pecho y rozabas con tu pierna mi dispuesta bien dotada hombría. Continué acariciándote, recorrí tus espacios, tus cavidades una y otra vez, sucumbí en tu cuerpo, en tus formas, en tu aroma de mujer. Lamí tus mieles y disfruté tus gemidos, que eran algo irresistible. Nuestros sexos se unieron y bailaron como antes, pero sin escrúpulos ni mirones, sin obstáculos y libres, sin compromisos ni obligaciones. Tu efigie es ahora un hermoso éxtasis y puedo deleitarme, ir y venir, subir y bajar, y recorrer todo palmo a palmo, rozando mis labios a tu piel, quedándome con tu imagen grabada en mi mente, en mi cuerpo.

Me volviste loco, enajenado, demente por tu cuerpo. Puedo recordar como yo imprudentemente recorría tus esquinas, tus ángulos, tus piernas torneadas, largas y de piel delicada, tus caderas firmes y tus cachas de una proporción exuberante, lasciva, sensual. Terminamos de entregarnos a un acto delirante, descansamos y retomamos las posturas que irreflexivamente se daban en el momento.

Estábamos engolosinados, seducidos por el instante, por los sentidos. Tú, extasiada, me pedías no terminar y me volvías a cautivar con tu lengua, con tus caderas, y yo me dejaba seducir sin oposición, así fui conquistado por ti, mujer. Quedamos dormidos hasta el amanecer. Y ahora, caliente por el fuego, solamente deseo volver a tenerte.

Los caballeros no tenemos memoria

Patricia Gabela

«El lunes será el primer día del Licenciado Cervantes, el nuevo director ejecutivo de ventas». Con estas palabras del director general, concluyó la junta ejecutiva de la última semana del mes de mayo. *Tengo tanto trabajo que espero que no requiera mucha ayuda de mi parte*, pensé mientras caminaba hacia a mi cubículo.

Ese lunes, como todos los días, llegué a la oficina media hora antes para adelantar tareas.

—¿Ya viste al nuevo director? —le preguntó Lupita a Belem mientras estaban frente al espejo en el baño arreglándose el cabello y retocándose el maquillaje—. Está guapísimo, es un cuero.

—Sí, llegué temprano y ya estaba en su oficina, ¡está hecho un bombón! Me dan ganas de comérmelo de una mordida —le respondió Belem con una expresión de lujuria.

—Ni se te ocurra, yo lo vi primero. ¡Me lo voy a llevar a la cama! —aseguró Lupita.

Terminé de lavarme las manos y salí del tocador dejando atrás las risas pícaras de las dos secretarias sin entender cómo ellas podían pensar en acostarse con un hombre solamente porque les pareció atractivo.

Todavía no daban las ocho de la mañana y ya tenía en mi correo electrónico la primera petición del nuevo empleado: «Necesito los informes de ventas anuales de la última década, impresos y en mi escritorio a más tardar en media hora». *Los informes impresos, ¿a quién se le ocurre? Solo eso me faltaba, tener que invertir tiempo imprimiendo algo que puede ver en su computadora,* pensé mientras me dirigía al cuarto de copiado para recoger las trescientas cincuenta y siete hojas que salían calientitas de la impresora.

—Aquí está lo que me pidió, Licenciado Cervantes —dije un poco molesta mientras colocaba la pila de hojas sobre su escritorio, sin voltear a verlo—, si necesita algo más no dude en solicitarlo.

Su oficina era pequeña, pero acogedora, un lado de su escritorio estaba pegado a la pared junto a su única ventana, él tenía la persiana abierta permitiendo que la luz del sol entrara en pleno.

—Muchas gracias Licenciada, es un placer trabajar con gente tan eficiente.

Ese tono de voz tan masculino y cadencioso me hizo voltear a verlo, inevitablemente mis ojos coincidieron con los ojos negros de Cervantes que con intensidad recorrieron todo mi cuerpo. Sentí cómo me desnudó con la mirada y me estremecí. No alcancé a ver detenidamente sus facciones, tuve que salir de ahí rápidamente antes de que él notara mi inquietud. Regresé a mi escritorio y traté de concentrarme en mi trabajo, pero la imagen de esos ojos brillantes y seductores estaba taladrando mi mente.

«¿Me podría facilitar una lista de todos los clientes por favor? Impresa, si no es mucha molestia», decía el segundo correo electrónico que me envió Cervantes esa mañana. Esta vez no me molestó tanto tener que ir a imprimir las seiscientas noventa y ocho páginas con información, y mientras esperaba a que estuvieran listas formulé una estrategia para que él no notara que su presencia me ponía nerviosa. Decidí no pararme frente a él, ahora llegaría a su escritorio por un lado y así evitaría verle directamente a los ojos. Pero mi plan falló, en el momento que me aproximé por un costado para dejar los papeles, él se levantó de su silla para ayudarme, tomó los documentos de mis manos y los puso en el primer lugar que encontró. Se paró frente a mí, era un poco más alto que yo a pesar de que ese día llevaba mis zapatos negros con un tacón de doce centímetros. Él, con esa figura atlética que se notaba por lo apretado de su camisa y con una actitud retadora, extendió su mano y me dijo:

—Perdón por no haberme presentado antes, Emilio Cervantes para servirle. Es un placer.

Y mientras hablaba se acercó peligrosamente a mí, hasta quedar a solo unos centímetros de distancia. Cuando estrechó mi mano pude observar su nariz recta, y la boca grande que sobresalía de su cara sin afeitar. *Qué hombre tan atractivo, con la barba tupida, cortita y perfectamente arreglada*, pensé. Esa barba oscura sobre su tez tan blanca armonizaba perfectamente con su cabello corto, rizado y negro.

—Mucho gusto —fue todo lo que pude decir, el contacto con su mano y su proximidad me hicieron vibrar. Retiré mi mano y salí apresuradamente de su oficina, no quise que notara mi turbación y mi respiración agitada.

«Me gustaría discutir los aspectos de comercialización con usted a la hora del almuerzo, la espero en el restaurante italiano de la esquina a la una», decía el correo electrónico de Cervantes. *Qué arrogante, ni siquiera me preguntó, dio por hecho que yo dedicaría mi hora de comida a trabajar con él*, pensé primero, pero después sentí una alegría que no pude contener. *Comeré con el mangazo, lo tendré para mí solita, seré la envidia de todas las mujeres de la compañía*. En mi mente me imaginé las miradas envidiosas de todas las compañeras de trabajo y eso me produjo una gran satisfacción.

Al encontrarnos en el restaurante, Emilio se acercó para saludarme, me hubiera gustado que me tomara por la cintura y me apretara fuerte contra su cuerpo, pero no sucedió así, solamente me extendió la mano. Yo observé sus brazos, *¡qué músculos tan fuertes, cómo me gustaría verlo sin camisa! Si así están sus brazos, ¿cómo estará lo demás?*, pensé mientras nos dirigíamos a nuestra mesa.

Nos trajeron la carta y él pidió una botella de vino italiano, los platillos y hasta el postre; no opiné, la comida era lo que menos importaba. Tomó su copa con esa mano varonil de dedos gruesos y uñas pulcras. Comencé a pensar en lo delicioso que sería que sus manos recorrieran mi espalda desnuda, que examinaran cada centímetro y bajaran hasta mi trasero, apretándolo con vehemencia. Imaginé que me ceñía contra su cuerpo ardiente dejándome sin aliento.

Brindamos por su incorporación al nuevo trabajo y por el gusto de habernos conocido. Sus labios carnosos sobre la copa, lo blanco de sus dientes y su lengua que apenas asomaba despertaron en mí las ganas de besarlo. Anhelaba que me permitiera embriagarme con el sabor de su boca mezclado con el alcohol de la bebida. Tuve que reprimir las ansias, no hice ni dije nada, solamente lo observé beber el vino.

Él habló la mayor parte del tiempo viéndome fijamente a los ojos. Cuando podía, acercaba su mano a la mía y la rozaba discretamente. No quise interrumpirlo, su voz grave fue tan seductora y varonil que logró inquietarme y desatar el deseo. Vi cómo se movían sus labios tibios, impregnados de vino; los imaginé murmurándome al oído: «hermosa, te deseo tanto, quiero que seas mía»; los sentí bajando por mi cuello, rozando suavemente mis hombros y deslizándose despacio hasta mi pecho, recorriendo mis senos desde la cúspide hasta el último rincón; los fantaseé resbalando lentamente hasta mi vientre, pasando por mi ombligo y llegando a mi cadera, humedeciendo a su paso cada pliegue de mi piel; los concebí besando cada parte de mis muslos y viajando con una prestancia arrebatadora hasta los lugares más íntimos.

Crucé las piernas y las apreté con fuerza, un manantial de líquido caliente mojó mi biquini, sentí la excitación, un calor incontrolable invadió mi cara y sonrojó mis mejillas, me estaba faltando el aire, estaba a punto de alcanzar un orgasmo. Ojalá que no se dé cuenta, pensé. En ese momento la plática terminó. Yo supuse que él me iba a pedir que fuéramos a un hotel de paso, y a pesar de que deseaba intensamente hacer el amor con él y concluir lo que me quedó pendiente, ya tenía la respuesta negativa estudiada y lista para manifestarla. *¿Quién te crees que soy? ¿Crees que a la primera vez que salgamos me voy a acostar contigo? ¡Estás muy equivocado! Yo soy una mujer decente.* Jamás en mi vida había yo ido a ese tipo de lugares y esta no sería la primera vez. Él nunca me lo pidió. Decidimos regresar a nuestras obligaciones ya que durante el almuerzo no habíamos trabajado ni un solo minuto.

La tarde transcurrió con tranquilidad, aunque Emilio, periódicamente, me solicitaba alguna otra información, ahora no me enviaba correos, lo hacía en persona, siempre con una sonrisa cautivadora que me hacía estremecer. Dieron las cinco y la mayoría de los empleados se fueron a sus casas. Yo me quedé más tarde, como siempre, para tratar de sacar algunos pendientes. Cervantes también se quedó a trabajar. Alrededor de las seis y media, Emilio me pidió que fuera a su oficina para que le explicara por qué los reportes se habían hecho bimestralmente en lugar de hacerlos mensualmente. Cuando llegué, me pidió que cerrara la puerta para que no nos interrumpieran. Me paré a un lado de su escritorio, él no se levantó de su silla, solo me mostró la pantalla de su computadora haciéndome una seña para que me aproximara. Estaba peligrosamente cerca de él, percibí el calor de su cuerpo, me incliné un poco para ver la pantalla. De pronto, sentí la mano de Emilio debajo de mi falda acariciando mi rodilla y subiendo rápidamente por mi muslo hasta llegar a tocar mi piel justo en el borde de mi media. Una corriente me recorrió el cuerpo y me hizo estremecer. No me moví, no pude articular ni una sola palabra, solamente cerré los ojos por un instante tratando de recuperar la respiración. En un momento recordé que estábamos en el trabajo y que esa situación sería muy arriesgada si alguien nos veía, también pasaron por mi mente la moral y los principios en los que siempre creí, pero casi inmediatamente se esfumaron esos pensamientos de mi mente. La mano de Emilio acarició la parte interna de mi muslo, empujando suavemente mis piernas que yo abrí para él, solo un poco. Como se dio cuenta de que un broche sujetaba las medias, exclamó: «oooohhhhhhh», y se apresuró a levantar mi falda que se amoldaba apretadamente a mi cuerpo, para ver el liguero. En ese punto sus dos manos ásperas y firmes, con una presión deliciosa, subieron despacio, pasaron por mi cadera y llegaron hasta mi cintura.

Estaba nerviosa, la puerta no estaba cerrada con llave, alguien podía entrar en cualquier momento, el riesgo y la posibilidad de que nos descubrieran hizo que la excitación subiera a niveles alarmantes. La frente de Emilio comenzó a mostrar unas gotas de sudor, yo seguía inmóvil, queriendo que sus manos continuaran tocándome pero sin atreverme a pedírselo. Emilio volteó a verme, sus ojos buscaban la aprobación de los míos para seguir adelante. Lo miré fijamente y con eso él entendió que podía continuar. Yo seguí de pie y él sentado, había subido mi falda hasta mi cintura y él pudo ver mi prenda íntima. Dejó una mano en mi cadera mientras que la otra recorría mi pierna, «qué piel tan suave tienes. Tus piernas me gustan mucho», me dijo.

Mi cuerpo comenzó a transpirar, deseaba intensamente que no se detuviera. Su mano llegó por la parte interna hasta mi biquini, hizo un poco de presión y yo sentí que la sangre me llegaba a la cabeza y me faltaba el aire, mis muslos se endurecieron, él volteó a verme nuevamente y yo con la mirada le pedí que continuara. Por un lado de la ropa interior deslizó su mano. Al darse cuenta que estaba muy mojada, introdujo un dedo en mi vagina y en ese momento perdí el control, mis músculos se relajaron y separé un poco más las piernas. Él, con la otra mano, buscó mi cadera y se dio cuenta de que mi *panty* estaba amarrada por dos lazos, uno a cada lado, los cuales se apresuró a desatar para que cayera al suelo. Se acercó y empezó a besar mis muslos que yo separé poco a poco y cada vez más para invitarlo a que siguiera.

Se escucharon pasos cercanos, pensamos que alguien iba a tratar de entrar a su oficina y nos quedamos callados, esperando a ver si tocaban la puerta, él no quitó ni su dedo ni su boca de donde estaban, yo sentía que el corazón se me iba a salir del cuerpo. Los pasos siguieron de largo, pero sonó el teléfono. Emilio tuvo que apartarse de mí para contestar, yo no bajé mi falda ni me moví de donde estaba. En cuanto terminó la llamada, se levantó apresuradamente de su silla, me agarró del cabello y me empezó a besar ardientemente, yo sentí que su lengua penetró hasta lo más profundo de mi boca y recorrió cada esquina. Mordió mis labios, yo mordí los suyos y me dejó internar mi lengua en su boca y disfrutar de su sabor. Mientras me besaba, sus manos desabotonaron mi blusa y soltaron el broche que tenía al frente mi sostén. Sentí sus manos firmes sobre mis senos humedecidos por la transpiración, mis pezones se endurecieron, comencé a temblar sin control.

—Eres muy sensual —me dijo—, la lencería negra me enloquece.

—Y tú eres... —no pude terminar la frase, me apresuré a desabotonar su camisa y a acariciar su piel blanca que contrastaba con el vello negro que tenía en el pecho. Sus músculos marcados y su loción mezclada con su aroma despertaron en mí la pasión. Él estaba muy excitado también, lo noté en el bulto que se formó junto al cierre de su pantalón. Los dos estábamos húmedos por la transpiración. Él besó mi cuello, sentí su aliento caliente y agitado sobre mi piel. Recorrió mis pechos con la lengua y mordió mis pezones mientras que sus manos recorrían mi cadera.

Tiró al suelo lo que había en su escritorio y me levantó para sentarme en la orilla. Con sus manos abrió suavemente mis piernas y me empezó a besar la parte interna de los muslos hasta llegar a mi parte más íntima, la zona de mayor excitación. Con su lengua primero recorrió todo por la parte externa sin dejar ni un rinconcito sin tocar y después la introdujo hasta lo más profundo de mí, sentí cómo entraba y salía dejándome sin aliento.

—Espera, no más —tuve que pedirle que parara porque estaba a punto de venirme.

—¡Hermosa, estás lista! —dijo. Se levantó, desabrochó su pantalón y lo bajó junto con su ropa interior. Colocó mis piernas en su cintura, con sus manos me sujetó fuertemente de la cadera y me penetró despacio, sentí como entró en mí milímetro a milímetro, cada movimiento despertaba una sensación nueva, mi respiración y la suya se entrecortaban, los meneos se intensificaron... de repente, escuchamos un ruido fuerte, de momento no supimos qué pasaba hasta que volvimos a oír que alguien estaba tocando a su puerta y llamando a Emilio por su apellido.

—No te muevas, no hables, si no respondemos pensarán que no hay nadie y se irán —me dijo suavemente al oído.

—No te detengas, no pares, sigue… —le dije con voz casi imperceptible.

—Shhhhhh —susurró poniendo su dedo índice sobre mis labios. Detuvo el movimiento pero seguía dentro de mí haciendo casi imposible que yo pudiera retrasar la culminación, los latidos de su miembro eran tan fuertes y yo los sentía con tanta intensidad que no era necesario el movimiento para llevarme a la gloria.

—Ay, no lo puedo detener, ya no puedo, no puedo… —le dije bajito.

—Shhhhhh, —dijo quedito. Aunque no se moviera, las palpitaciones de su pene dentro de mí eran más enérgicas cada vez, me di cuenta que también él estaba tratando de contenerse.

Apretó fuertemente mi cadera, contra la suya, llegó hasta lo más profundo de mí, nuestros cuerpos se fundieron en uno solo. Se tensaron nuestros músculos y se detuvo nuestra respiración, sin palabras y sin ruidos alcanzamos juntos el clímax. Lo sentí derramar su esencia dentro de mí, no quería que ese momento terminara nunca.

Regresamos a la realidad y nos dimos cuenta que las voces habían cesado y el peligro había pasado. Emilio se separó de mí y regresó a su silla.

¿Qué hice? ¿Qué hice?, con esta frase repitiéndose en mi mente, bajé mi falda, me abotoné la ropa, recogí mi *panty* y salí corriendo de ahí. Emilio se quedó con la camisa abierta y los pantalones a medio subir, y se puso a fumar un cigarrillo. El humo activó la alarma contra incendios y disparó los rociadores. Los pocos empleados que quedaban en la empresa corrieron en pánico. El Director General se detuvo para cerciorarse que Cervantes estuviera bien. Al entrar a su oficina lo vio a medio vestir

y con el cigarrillo en la mano. No lo dejó dar explicaciones, lo despidió en ese mismo momento.

Emilio no dijo qué había pasado, nadie me relacionó con él. Al irse, me sonrió, se acercó a mí, me dio un trozo de papel con su número telefónico y me dijo al oído: «No te preocupes, los caballeros no tenemos memoria».

La diosa y el guerrero

Amílcar Araujo

Zontar trató de levantarse pesadamente pero el dolor intenso de la herida en su costado lo venció y volvió a caer cara al suelo sintiendo una aguda punzada. La batalla fue despiadada y sangrienta, tal vez él era el último sobreviviente de su clan, pero no por mucho tiempo si seguía sangrando así.

—Mi espada... —dijo mientras trataba de alcanzar la empuñadura de su arma clavada en el pecho de un enemigo que yacía cerca de él. La extrajo y apoyó la punta de la hoja cubierta de sangre sobre el hielo para poder incorporarse. La nieve caía copiosamente y el guerrero se movía lento y con dolor, caminando entre cuerpos inertes y mutilados semi-sepultados en el blanco manto, hasta que pudo alejarse del campo de batalla y acercarse al lago parcialmente congelado. Cayó de rodillas en la orilla y con sus manos trató de beber el helado líquido que escapaba entre sus entumidos dedos. Levantó un poco la armadura a la altura de sus costillas y echó agua para quitar el lodo y la sangre al derredor de su herida.

—¡Aggg! —un grito hizo vibrar el ambiente. Estaba sangrando y a ese ritmo pronto perdería el sentido y tal vez la vida. Metido en sus pensamientos y recuperándose del punzante dolor escuchó risas femeninas. Dulces voces que alegremente mantenían una conversación con un ritmo casi musical. Arrastrándose, se escondió detrás de unos arbustos.

Era Helana, diosa del hielo, que descendió del firmamento para bañarse en el lago acompañada de su séquito de ninfas. La belleza de la diosa deslumbró al guerrero. Ella se quitó la capucha de su blanca capa de armiño dejando ver su bello rostro y su cabello platino que ondulaba con el intenso viento. Con la ayuda de sus ninfas, se despojó de la pesada capa que reveló su cuerpo de perfectas formas apenas cubierto de un vestido de gasa con diamantes que lanzaban traviesos destellos. Sus ayudantes le quitaron el delicado vestido quedando desnuda. Zontar estaba embelesado ante la belleza de Helana, agazapado con una rodilla sobre la nieve y apoyado en la empuñadura de su arma seguía con la mirada cada movimiento de esa visión divina. El deseo de poseer a ese cuerpo de alabastro empezaba a ser más fuerte que el dolor que sentía. Sin advertirlo, la punta de la espada resbaló perdiendo su apoyo y en agonía cayó hacia el frente, deteniéndose con sus brazos y lanzando un grito que alarmó a las deidades.

Las ninfas trataron de alejar a Helana, jalándola para ponerla a salvo de cualquier peligro, pero ella las apartó y caminó directo hacia el guerrero. Salió del agua con un ritmo cadencioso, mientras Zontar yacía en sus cuatro extremidades viendo hacia el suelo y tratando de no perder el sentido ante el agudo dolor. Al levantar levemente la mirada, por entre su enmarañado cabello vio unos pies blancos que casi se confundían con la nieve; levantó la cabeza y advirtió las piernas y la cadera de la bella diosa. Hizo un esfuerzo por incorporarse y pudo descubrir el vientre plano y los senos firmes con cúspides rozadas y, más allá, un cuello largo y elegante como el de un cisne y un rostro como ningún mortal hubiese visto. Labios carnosos y rojos que enmarcaban unos dientes perfectos, una nariz recta y delicada y ojos de un azul claro con una mirada que lo paralizó.

—Déjame ayudarte —dijo la diosa mientras tendía su mano. Él extendió la suya para ser ayudado. Helana, suavemente, pero con una fuerza que solo una diosa podría tener, levantó al guerrero. La diosa notó la debilidad del herido soldado y pasó aquel fuerte brazo sobre su cuello y tomándolo de la cintura lo ayudó a caminar hacia el lago. Ese primer contacto de ambos, piel con piel, despertó en la diosa un deseo con el que no estaba familiarizada.

Las ninfas se cubrían la boca con las manos mientras reían nerviosamente y querían ser discretas, pero no podían ocultar su inquietud ante esa nueva experiencia de su ama y señora.

Ya dentro del lago, el agua helada que llegaba hasta sus rodillas hizo reaccionar a Zontar que estaba a punto de perder el sentido. Helana quitó el pesado pectoral de hierro y la cota de malla que cubría el torso del guerrero. Las delicadas manos de la diosa acariciaron la piel del pecho de ese hombre y la diosa se estremeció sintiendo que algo se incendiaba en su bajo vientre. Con su dedo índice recorrió la herida de Zontar la cual se cerró quedando cubierta de una fina escarcha. Ese simple y suave toque del dedo de Helana incendió incluso más el deseo de poseerla. Él se atrevió a rodear la cintura de la deidad con sus manos, estrechándola fuertemente contra su cuerpo y cerró los ojos en un rictus de pasión. Ella cedió y cerró también sus ojos para disfrutar el contacto con la piel de Zontar. En un instante, la pérdida de sangre hizo efecto y las rodillas del vasallo se doblaron, sus brazos aflojaron la presión con la que sujetaban a la diosa y estuvo a punto de caer, pero ella lo sostuvo y puso suavemente sus labios sobre los del guerrero. Una corriente de vida corrió por el cuerpo de él trayéndolo de nuevo a la conciencia. Zontar correspondió al beso y Helana sintió algo que no había experimentado en toda la eternidad de su existencia, una suave humedad tibia fluyó entre sus piernas. Ella desabrochó el pesado cinturón de piel que sostenía la armadura inferior, mientras Zontar besaba y acariciaba sus hombros y cuello.

Helana con un gesto hizo que el agua se elevara por sobre su nivel habitual y se congelara formando una plataforma. La intensidad de las caricias crecía, sus respiraciones agitadas solo se interrumpían con los besos que alimentaban esa pasión en espiral ascendente. La diosa con otro gesto indicó a sus ninfas que colocaran su capa de armiño sobre la plataforma de hielo, y con una señal les indicó que desaparecieran. Ellas lo hicieron de mala gana, expresando decepción de no poder seguir contemplando el rito que su señora había iniciado con el guerrero.

Ya solos, ella tomó de la mano a Zontar y lo invitó a recostarse. La diosa se colocó sobre los muslos de él y descendió suavemente sobre el miembro de su compañero mientras él la tomó de la cintura, guiándola en una penetración que arrancó un profundo suspiro de la divinidad. El blanco cuerpo contrastaba con la piel del guerrero quemada por el sol y llena de cicatrices y moretones. Ella recargó sus senos sobre el pecho de Zontar, sin interrumpir los suaves movimientos de su cadera, y ambos se besaron entrelazando sus lenguas. Helana se irguió nuevamente y la cadencia se intensificó mientras él recorría con sus manos y sus labios esos senos albinos y perfectos. Cuando ya se acercaba jadeante al clímax, la piel extraordinariamente blanca de la diosa del hielo se fue tornando de un color cobrizo y su cabello platino se fue oscureciendo. Él palpitaba fuertemente, a punto de alcanzar el éxtasis. La diosa gritó de delectación. Se estremecieron las aguas del lago, el hielo se quebró y los árboles de la ribera se sacudieron. El guerrero estalló de placer dentro de ella y los dos se volvieron a besar, sellando ese momento de pasión. Los ojos de la diosa tomaron un color azul profundo.

Helana notó que su cabellera había cambiado y se vio reflejada en el hielo. No pudo contener un fuerte grito, mezcla de incertidumbre y miedo. Se cubrió la cara con ambas manos y por primera vez sintió frío y lloró. No había perdido su belleza pero sí su divinidad.

Zontar la cubrió con la capa de armiño y la abrazó mientras ella sollozaba. Él se puso su armadura y cargó a su amada, besándola y consolándola. Así la llevó en sus brazos hasta su aldea.

El tiempo pasó, su amor siempre fue intenso y después de varios meses Helana dio a luz una hermosa niña de piel blanca, cabello platino y ojos de un azul claro... muy claro.

Caiga quien caiga

Patricia Gabela

«¡Compañeros! No dejemos que nos opriman, expresemos nuestra opinión públicamente, obtengamos libertad de los presos políticos, derogación del artículo 145 y democratización de la vida política de nuestro país…», decía a voz en cuello el orador del movimiento estudiantil en Ciudad Universitaria, casa de la Universidad Nacional Autónoma de México, quien convocaba a la próxima reunión que se llevaría a cabo al día siguiente, mientras lo escuchaban un grupo de poco más de doscientos estudiantes con los corazones necesitados de justicia y la mente fija en el cambio social. Sus voces se escuchaban al unísono, apoyando el discurso del orador: «Indemnización a las familias, fuera los granaderos, que paguen los culpables». Rápidamente se les unieron más y más estudiantes, incluyendo algunos que no pertenecían a la Universidad y que venían de escuelas particulares en las que no se permitían las reuniones de ese tipo.

Ricardo Ponce de León y un grupo de sus compañeros del Cumbres, quienes no padecían de las carencias y necesidades de las cuales eran víctimas los estudiantes de escuelas públicas, se adhirieron a los oyentes, tuvieron que escabullirse de la escuela para poder vincularse a este grupo estudiantil. Él, al igual que sus amigos, estaba realmente interesado en que se produjera un cambio social y político importante. Ricardo no comentaba nada de este tema en su casa, para él y sus hermanos, por ser hijos de un funcionario público, esta plataforma estaba prohibida.

A la misma hora, Rosa María le daba la bienvenida a Manuel, a su regreso del trabajo, en su residencia en la colonia militar.

—¿Cómo estuvo la capacitación de hoy? —preguntó Rosa María.

—Cansada, en esta época en la que hay manifestaciones en el país todos los días, nos tienen en entrenamiento exhaustivo para poder controlar a los revoltosos. Estamos aprendiendo técnicas de represión y nos han dotado con nuevas armas de alto alcance. Ser parte de las unidades especiales del ejército es un trabajo muy difícil. Pero por favor, ya sabes, absoluta discreción, nadie debe saber lo que estamos haciendo, ni siquiera nuestros hijos.

—No te preocupes, los muchachos están ahorita en la escuela, ellos nunca sabrán nada.

Manuel Sánchez se quedó en silencio reflexionando acerca de su trabajo, era demasiado arriesgado, estresante y a veces triste. Tenían que enfrentar a las multitudes y muchas veces contener a los insurrectos con violencia, empujarlos, golpearlos y hasta tirarlos al suelo; generalmente había heridos leves y de gravedad y ocasionalmente algún muerto. Él no tenía alternativa, tenía que acatar las órdenes sin importar si estaba de acuerdo o no. Formar parte del Ejército mexicano era un compromiso de por vida.

Paralelamente a los estudiantes que se reunían y a los miembros del ejército que se adiestraban para sus próximas asignaciones, el periodista Moisés Gutiérrez se preparaba para escribir su siguiente artículo, que llevaría por título: «El movimiento estudiantil de 1968». Trató de infiltrarse en las reuniones de estudiantes, pero siempre hubo alguien que lo identificó y le pidieron que se retirara. Él trabajaba para uno de los periódicos más famosos de México y tenía la intención de descubrir la verdad acerca de esa lucha juvenil, sus ideales y metas. Él le pidió a uno de sus hijos, que cursaba el primer año de carrera en la Universidad Anáhuac que se presentara a la reunión que se iba a llevar a cabo al día siguiente en el Politécnico. Moisés lo tenía todo planeado, su hijo invitaría a un grupo de amigos de la Anáhuac para que lo acompañaran a la reunión y así pasarían desapercibidos. El muchacho le conseguiría panfletos y volantes, y anotaría toda la información relevante acerca de la manifestación que se estaba fraguando. Sus amigos también tenían la tarea de obtener todos los datos posibles.

El primero de octubre, el orador del movimiento estudiantil comenzó la reunión, ahora en Zacatenco, casa del Instituto Politécnico Nacional. Tanto la Universidad como el Politécnico eran las sedes de las reuniones por ser las dos únicas universidades públicas en el Distrito Federal.

«Estamos listos, mañana, dos de octubre, será el día. Haremos la manifestación en la Plaza de las Tres Culturas en Tlatelolco, ese será el punto de reunión y ahí haremos sonar nuestra voz. Todos los que quieran participar son bienvenidos...», decía el líder, mientras se acercaban centenas de estudiantes, maestros y hasta personas que no tenían que ver con el Politécnico, entre ellos estaban Ricardo Ponce de León con todos los que se quisieron unir del Cumbres y el hijo del periodista y sus amigos. Como Gutiérrez se los había solicitado, los muchachos discretamente recaudaron los volantes que pudieron y anotaron cada detalle de las palabras del orador. Lo más importante, el lugar y la hora de la manifestación, estaban escritos una pequeña libreta verde que llevaba el hijo de Moisés. Mientras escuchaban las palabras del líder, y entre nota y nota, comenzaron a sentir el deseo de incorporarse al movimiento. Se dieron cuenta que verdaderamente existía la necesidad de enderezar la dirección trazada por los políticos y que ellos podrían ser parte de ese cambio, para llevar a México a ser un lugar digno para vivir. Terminado el discurso, el hijo de Gutiérrez se puso de acuerdo con sus compañeros para llegar a la manifestación planeada, algunos harían pancartas expresando su opinión política; después de todo, su padre le había enseñado que la honestidad, la verdad y los principios morales deberían anteponerse a todo.

Al llegar a su casa le anotó a su padre, el periodista, la información recaudada en una hoja de papel, guardó su libretita y se quedó en silencio, sin mencionar sus intenciones de unirse a las actividades programadas para el día siguiente pero sintiendo que la sangre le hervía por dentro queriendo ser parte activa de ese movimiento.

Dos de octubre, pasadas las cinco de la tarde, hora de la manifestación, se empezaron a reunir miles de personas en la Plaza de las Tres Culturas, pacíficamente pero con las voces elevadas y las pancartas y banderas flotando al viento. Moisés Gutiérrez pudo colarse entre la concurrencia, agitaba en su mano uno de los panfletos que le consiguió su hijo y repetía «Únete pueblo», las palabras de los manifestantes, para no ser notado. Discretamente escribía en el panfleto los detalles de los acontecimientos para poder publicar un artículo veraz y con la mayor cantidad de información posible.

Arturo Ponce de León, político encargado de la seguridad nacional dio la orden al grupo paramilitar Batallón Olimpia y a las unidades especiales del ejército de rodear a los manifestantes. En cuestión de segundos la plaza estaba completamente rodeada de fuerzas de protección civil y militar. La muchedumbre, compuesta en su mayoría de jóvenes estudiantes, se hacía cada vez mayor. Seguía llegando la gente; además de los estudiantes había amas de casa, maestros, oficinistas, campesinos y muchas otras personas más que se unieron a la causa. Entre la concentración se encontraron dos muchachos que habían cursado la primaria juntos. Los dos, después de un par de minutos recordando su infancia, decidieron entrelazar sus brazos en un gesto de hermandad, a voz en cuello pedían emancipación e imparcialidad política y social, al igual que los demás estudiantes y personas que había ahí. Junto a ellos estaba un muchacho al cual estaban agrediendo otros compañeros. Estos dos jóvenes se sintieron indignados y le preguntaron qué pasaba y decidieron defenderlo. Los que lo golpearon dijeron que su padre era miembro del Ejército y que seguramente lo había mandado a él de espía. Los agresores se retiraron. El joven agradeció a sus defensores por ayudarlo y les dijo que su papá efectivamente pertenecía a las Fuerzas Armadas pero que jamás en su casa se había tocado el tema y su padre desconocía que él se había unido a este movimiento porque creía fervientemente en el poder del pueblo para lograr el cambio. Lo invitaron a unir sus brazos con ellos y ahora los tres formaron una cadena en señal de hermandad y fuerza de conjunto.

***

—Aquí Arturo Ponce de León. Reporten la situación. Cambio.

—Manuel Sánchez reportando, la manifestación está comenzando. Cambio.

—¿Aproximadamente cuántas personas hay en la plaza? Cambio.

—Estimamos que más de siete mil y siguen llegando oleadas de gente. Cambio.

—¿Cuál es la situación? Cambio.

—La masa está enardecida. Pancartas y gritos pidiendo la destitución del gobierno. Cambio.

—Código rojo, ataquen inmediatamente, tiren a matar, caiga quien caiga, hasta que se disperse la turba y no quede nadie en la plaza. Cambio.

—A sus órdenes, cambio y fuera.

Manuel Sánchez tomó su arma y disparó el primer tiro, dando la señal al ejército y al Batallón Olimpia para acribillar a la multitud. Manuel escuchó los gritos de desesperación y de dolor entremezclados con el sonido de las armas de fuego. La gente trató de abandonar la plaza corriendo en todas direcciones pero la poca visibilidad provocada por la mezcla de la oscuridad y el humo de los gases hizo que el caos creciera. Los asistentes comenzaron a caer, algunos por las balas o las granadas, otros ahogados por los vapores y algunos más murieron aplastados por la estampida que les pasó por encima. Manuel se percató de los lamentos de las madres y padres que sostenían a sus hijos muertos entre sus brazos. También, mientras seguía avanzando y disparando, pudo escuchar los rezos de un grupo de mujeres que hincadas y con los brazos abiertos le pedían a Dios las dejara salir con vida.

Gutiérrez vio que un grupo de personas corrieron hacia la iglesia de Santiago de Tlatelolco, tocaron desesperadamente a sus puertas, golpearon con los puños cerrados, patearon la madera y gritaron con todas sus fuerzas; pero, a pesar de que había gente adentro, no obtuvieron respuesta. El cerrojo no se abrió. Todos ellos murieron ejecutados, masacrados a las puertas del templo, dejando un río de sangre que corrió hacia el interior. El periodista se dio cuenta de que los más afortunados corrieron despavoridos y se escondieron en los edificios de apartamentos cercanos donde seguramente algunos encontraron almas samaritanas que les permitieron esconderse en sus hogares.

Manuel Sánchez, unas horas después, todavía portando el uniforme del ejército, sucio y salpicado de sangre, llegó a su casa con los ojos irritados, las manos temblorosas y vomitando. No podía quitar de su mente la escena de la masacre que se había cometido contra ese gentío, compuesto en su mayoría de muchachos entre catorce y veinticinco años. Hubo muchos jóvenes muertos o heridos gravemente. Los centenares de cuerpos caían unos sobre otros, encima de los que ya se hallaban sin vida, formando montañas de cadáveres. Fue una imagen desgarradora. Se sentía culpable por haber dado la orden final y porque él mismo había disparado contra niños y personas inocentes. Su mujer no pudo consolarlo, ni los tés caseros pudieron calmarlo. Caminaba por la casa temblando como si estuviera convulsionado. Las horas de la madrugada transcurrieron y su hijo no llegó. Pensaron que quizás era porque varias partes de la ciudad estaban cerradas al paso y tal vez había decidido quedarse en casa de algún amigo cerca de su escuela.

Moisés Gutiérrez, el periodista, corrió lo más rápido que pudo. Se cayó y se levantó varias veces, a duras penas logró escapar. Llegó a las oficinas del periódico con las piernas y los brazos lastimados y heridos. No le comentó a nadie que iba a estar en la manifestación ni mucho menos que iba a escribir un reportaje acerca de lo acontecido. Se sentó en su escritorio para redactar exactamente lo que había sucedido. Comenzó su artículo describiendo la forma en la que les habían disparado a los jóvenes a unos centímetros de distancia y el pavor que se desató entre los presentes que trataban de salvarse de una muerte inminente. Habló de la desesperación y angustia que seguramente estarían viviendo las familias de los estudiantes que acudieron a la manifestación y de la tragedia que vivirían al día siguiente, cuando recibieran la noticia de la muerte de sus hijos. Tecleaba desesperado en su máquina de escribir, su objetivo era que quienes no estuvieron presentes se enteraran de la verdad. Esperaba que saliera publicado en la edición matutina. Con un profundo dolor y todavía temblando por la impresión, terminó la reseña, la entregó y se tomó unos minutos para ordenar sus papeles antes de retirarse a descansar. Al llegar a su casa lo alcanzó una bala certera al corazón y murió en el umbral de su puerta.

Arturo Ponce de León, con un brillo intenso en los ojos y satisfecho por haber logrado acabar con la revuelta, llegó a su casa a celebrar con su familia. Traía en su auto varias botellas de champaña que le había regalado un amigo al que le hizo un favor. Aunque era de madrugada, quería brindar con su mujer y sus hijos por el éxito de ese día. Para su sorpresa, se encontró a su mujer hecha un mar de lágrimas. Su hijo Ricardo no había llegado en toda la noche y ella estaba muy preocupada. Él le aseguró que no había por qué sentirse así, que Ricardo acostumbraba irse a tomar los tragos con sus amigos y pasar la noche en casa de alguno de ellos. Seguramente ahora habría hecho lo mismo.

Arturo Ponce de León y Manuel Sánchez salieron a primera hora de su casa para comprar el primer ejemplar de los periódicos para ver qué se decía del acontecimiento:

EL UNIVERSAL: Tlatelolco, Campo de Batalla. Durante Varias Horas Terroristas y Soldados Sostuvieron Rudo Combate.

NOVEDADES: Balacera Entre Francotiradores y El Ejército, en Ciudad Tlatelolco.

EXCELSIOR: Recio Combate al Dispersar el Ejército un mitin de Huelguistas.

EL SOL DE MÉXICO: Manos Extrañas se Empeñan en Desprestigiar a México. El Objetivo: Frustrar los XIX Juegos Olímpicos.

Cada uno en su casa se quedó tranquilo ya que no se les mencionaba ni relacionaba con lo acontecido. El artículo de Moisés Gutiérrez murió con el último latido de su corazón, nunca salió a la luz.

Acordonaron el área en la Plaza de las Tres Culturas, solamente tuvieron acceso los rescatistas de la Cruz Roja, el Ejército y los funcionarios. Terminaron las labores de salvamento, centenares de heridos fueron transportados a los hospitales cercanos. En la plaza solo quedaron cuerpos inertes, cubiertos de sangre seca, algunos identificables y otros mutilados y desfigurados, completamente irreconocibles. Comenzó oficialmente la clasificación de cadáveres en la Plaza de Tlatelolco. Arturo Ponce de León y Manuel Sánchez acudieron en su calidad de funcionarios del Gobierno y el Ejército respectivamente para ayudar con las labores de selección e identificación. Afuera del acordonamiento se encontraba una horda de madres y padres desesperados por saber si sus hijos estaban entre los muertos. Los gritos y el llanto se mezclaban con las órdenes de los soldados, comenzaron los empujones. El ejército usó sus macanas para golpear a las personas que estaban más cerca del cordón y así advertir a los demás que les podía pasar lo mismo si no se retiraban del lugar. El cabo Rodríguez llamó por radio a Manuel Sánchez, su voz sonaba alterada, le pidió que fuera al punto donde se encontraba lo más pronto posible. Arturo Ponce de León estaba junto a Manuel Sánchez, decidió acompañarlo. El trayecto fue difícil. El cabo se encontraba casi en el centro de la plaza y había que pasar por pilas de cuerpos, bolsas de plástico con cadáveres y charcos de sangre. Finalmente llegaron hasta donde se encontraba el cabo.

—Nooooooo, no puede ser, ¿por qué? ¿Cómo fue? ¿Quién lo hizo? —Arturo Ponce de León hacía preguntas a mil por hora.

—¡Dios mío, esto es mi castigo! ¡No debí haber seguido las órdenes! —gritó Manuel Sánchez.

Y con estas palabras ambos se dejaron caer de rodillas frente a los cuerpos inmóviles de tres jóvenes ensangrentados con los brazos entrelazados que yacían en el suelo, pálidos, sucios y casi irreconocibles. Eran Ricardo Ponce de León, el hijo de Manuel Sánchez y un muchacho de apellido Gutiérrez que como seña particular tenía en el bolsillo una libretita verde.

De primer nombre

Félix Quevedo

Sorpresa inconmensurable, desconcierto. Carmen no podía creer lo que su mejor amiga le narraba. Laura no era de esas mujeres que intimaban en la primera cita.

—No puedo creer que se besaran después de conocerse hacía treintaicinco minutos —dijo Carmen boquiabierta—, ni siquiera le conoces el apellido.

—Bueno, a esos treintaicinco minutos le tienes que añadir dieciséis horas en la sala de chat —insistió Laura, rellenándose su copa con Chardonnay—. No éramos totalmente extraños y en persona el "ché" está buenazo.

—Hazme el favor, la sala de chat no cuenta, podrías estar conversando con un perro y tú ni enterada si en ese momento está en el parque meando un árbol.

—¿Sabes qué, Carmen? Serás mi amiga de toda la vida, pero no voy a tolerar que insultes mi inteligencia.

—Está bien, está bien. Tienes razón, no tengo por qué dudar que sepas lo que haces —dijo Carmen levantando las manos en señal de rendición.

—¿Quieres conocerlo? —preguntó Laura, con los ojos casi desorbitados.

—Bueno, ¿cuándo? —respondió Carmen, preocupada de las consecuencias de la propuesta de su mejor amiga.

—En este instante, aquí.

—¿Vas a hacer que venga a tu casa a esta hora? —preguntó Carmen incrédula.

—¡En la sala de chat, zonza!

Las amigas subieron al desván. Encendieron el ordenador. Esperaron, esperaron. Se conectaron al servicio de chat. Laura buscó a Rodrigo, ahí estaba. Le escribió:

—Hola, galán.

Esperaron, esperaron. Estaban a punto de darse por vencidas cuando hubo respuesta.

—Hola, preciosa. Te hiciste humo después de nuestro encuentro en el cafetín la semana pasada.

—Mucho trabajo, guapo. ¿Qué haces conectado tan tarde?

—¿Yo? Trabajando, piba. Sabés que el mundo no duerme y ahí es donde me muevo. ¿Y vos?

—Aquí con una amiga que quiere conocerte. ¿Qué tal un *break* y te vienes para acá?

—Tú me conocés. Yo dispuesto… a todo. Decíme, ¿dónde vivís?

—Espera un momento, la idea era que sea solo en la sala de chat —interrumpió Carmen deteniendo el tecleo de Laura.

—Disculpa amiguita, cambio de planes —respondió Laura con ojos lujuriosos mientras pensaba: *A este gaucho me lo como esta noche.*

En Grandview Heights, 198 New Jersey St., tecleó Laura en su ordenador.

—Listo, le doy al GPS la dirección y me transporta. No debes de estar a más de 15 minutos de donde estoy —respondió Rodrigo, dejando la sala de chat de inmediato.

—No te vayas Carmen, que ahora lo conoces en persona —dijo Laura relamiéndose.

—Bueno, lo conoceré, pero no esperes que esté de acuerdo con lo que estás haciendo, estás todavía casada —exclamó Carmen mostrando descontento.

—¡Separada hace meses y por divorciarnos! —insistió Laura.

Mientras esperaban, Carmen decidió abandonar el plan. Se sintió incómoda de quedarse a conocer al "ché". Tenía la excusa perfecta: «Mejor me voy, mi turno comienza a la 6:30 de la mañana», le dijo a Laura. Sin insistir que se quedara, Laura acompañó a su amiga a la puerta. Ya a solas sonrió, sabiendo que las posibilidades ahora eran muchas, especialmente gracias a que no tenía la inconveniencia de estar en su trabajo en el hospital al día siguiente.

Desde su automóvil, Rodrigo presenció cómo las íntimas se despidieron. *La amiga se fue, perfecto, estamos a solas, la güera es toda mía*, pensó mientras esperaba que Carmen se alejara en su vehículo. Estaba sorprendido de lo cerca que vivían. Apenas cinco kilómetros, pero en un mundo aparte. El vecindario era de casas humildes. Su residencia en cambio, al otro lado extremo del puente, incluía muelle y alberca. Lo que lo tenía realmente confundido era el Louis Vuitton que portaba la doña la semana pasada en el restaurante. *Debe ser frívola y materialista... Mejor, así no me enamoro*, pensó saliendo de su automóvil. Llamó a la puerta. Laura abrió.

—Hola, tesoro. ¿Cómo estás? —dijo dándole un beso en la mejilla—. Decíme, ¿dónde está tu amiga?

—Tuvo que irse, estamos solos —dijo tomándolo de la mano y llevándolo a la mesita del repostero, donde se sentaron uno frente al otro.

Laura le ofreció un cigarrillo, que Rodrigo tomó y encendió. Una vez encendido, Laura se lo quitó y le dio otro, diciéndole:

—Este es el mío, gracias; aquí está el tuyo, enciéndetelo... ché —dijo mirándolo sonriente, retándolo a que obedeciera.

—Sos una mandona —dijo mirándola de reojo mientras encendía su cigarrillo.

—Tú me dices si lo soy —dijo suavemente mientras su dedo índice jugueteaba con el cenicero de la mesa.

—Te merecés un castigo, vení —le dijo halándola de la mano del dedo juguetón, haciendo que se sentara en sus piernas

Continuaron fumando. No tardaron en compartir el humo del tabaco besándose tímidamente, como adolecentes primerizos. Se mudaron al sofá de la salita continua. Era un desorden mayúsculo. Cajas medio llenas y otras medio vacías. Libros, utensilios de cocina y prendas de vestir desparramadas por el suelo. Inclusive vio algo que parecía un consolador de considerable tamaño entremezclado con frascos de cremas. Rodrigo no pudo resistir:

—Veo que no te has terminado de mudar —observó, preguntándose: *¿Qué tan profundo le entrará el aparato por el culo?*

—Más bien, me estoy mudando. Verdad que no te conté. Vendí la casa y me he comprado otra un poco más pequeña. Apropiada a mis ingresos de enfermera —dijo mientras le acariciaba su frondoso pecho.

—¡Sos una osada! ¿Qué no habías comprado esta casa hace solo un par de meses? —dijo pensando: *¿Aún más pequeña que esta casa de muñecas? Bueno, mientras tenga donde echarla, órale.*

—Sí e hice dinero en la transacción. Bueno, mi corredora ha hecho muchísimo más.

—¡Vendiste rápido y en este mercado… ¡Tenés que presentarme a tu corredora! —susurró dándole un beso húmedo, al mismo tiempo que sus manos comenzaron a explorarla.

Laura no lo detuvo. Sin despojarle una sola prenda, las manos expedicionarias recorrieron lentamente cada valle y pico a su disposición. «Tienes manos, no, dedos mágicos, no te detengas», le susurró mientras le mordisqueaba el lóbulo de la oreja. Laura no había disfrutado de tan buena manipulación en décadas.

Rodrigo la tomó de la cintura, levantándola del sofá. Le preguntó: «¿Dónde está tu dormitorio?». Ella lo miró y sin titubear respondió: «Arriba, vamos». Rodrigo la tomó de la mano y subieron por las escaleras. El desorden continuaba. «A la izquierda», dijo una voz. El dormitorio impecable. Juego de edredón y sabanas nuevas. A media luz la limpieza y el orden contrastaban con el resto del lugar. Rodrigo concluyó: *Le da importancia a lo importante.*

Los dos se dedicaron a desnudarse mutuamente. Rodrigo la echó sobre el edredón de estreno. Besándola descendió. Pechos majestuosos. Siguió bajando por su vientre, alcanzando su objetivo. Perfume de mujer. Con su lengua reveló el clítoris erguido. Empezó a lamer, succionar. Minutos pasaron.

—Sabes usar la lengua —murmuró Laura entre convulsiones.

—He tenido suerte de ser entrenado por las mejores minas. ¿Y vos? —dijo, aprovechando la pregunta para tomar un respiro y echarse al lado de ella.

Laura, en silencio, esperó que el palpitar de su vulva ralentice para responder casualmente:

—Me entrené desde joven con varios *sensei*. Mi graduación fue un trío entre amigos —dijo al mismo tiempo que se abalanzaba sobre Rodrigo con el objetivo de tragar su fusil erecto.

—Un trío, no he tenido el gusto de disfrutar —murmuró cerrando los ojos ante el inminente torrente de placer.

—Yo no he tenido otro trío desde esa vez —dijo Laura claramente portando el fusil en la boca, develando una nueva habilidad.

Laura lamió, chupó, succionó; mientras Rodrigo controló estallar en varias ocasiones. Demasiadas veces. La detuvo colocando sus manos a ambos lados de su cabeza. Se miraron por unos segundos. La levantó de los brazos suavemente y la tumbó sobre la cama. La penetró con el cañón que ahora poseía en su arsenal. Los dos alcanzaron un orgasmo casi al unísono.

—Decíme, ¿estuvo mejor que un trío? —dijo Rodrigo mostrando por primera vez cierta inseguridad.

—Diferente, diría. Los tríos están sobrevalorados. Nada especial, al menos el que tuve con mis amigos de la universidad hace décadas —dijo Laura con la seguridad de una experta.

—Dejáme ser jurado cuando me toque y te cuento —dijo giñando un ojo, continuando—: ¿Décadas? De seguro yo estaba cursando la primaria.

—¡Qué malo eres! —respondió Laura a la afrenta, dándole un palmazo en el hombro. Rodrigo la agarró de la muñeca dándole un dulce beso en la mano. Laura sonrió ante la galantería, diciendo:

—A mi ex no le gustaba que le mencionara esa experiencia. En cambio al padre de mi hija lo excitaba.

—Cada loco con su onda. ¿Tu ex te tendría en un pedestal?

—Es un buen proveedor, pero en la cama un cero absoluto y en público no me respetaba. Si me tuviera en un pedestal, atendería todas mis necesidades, todas.

Se quedaron dormidos conversando de sus vidas. A la mañana siguiente, Rodrigo despertó. Dieciséis minutos para las diez de la mañana. *Mejor me pinto de colores*, pensó disponiéndose a levantarse. Laura lo cogió del brazo.

—No te vayas. Desayunemos juntos.

—Laura, preciosa, es tarde. ¿No tenés que ir al laburo?

—No. Es miércoles, mi día libre. ¿Y tú?

—El mundo puede estar sin mí por un par de hora más. Vuelo a mi depa, una ducha rápida y nos encontramos en el cafetín para el *brunch*, que de ahí tengo una reunión de negocios.

***

Ya en el café, Laura y Rodrigo conversaban de planes para el fin de semana. Laura estaba fascinada de cómo Rodrigo la trataba. Un contraste total con los hombres de su pasado, incluidos sus dos ex maridos, especialmente el animal de Jorge, del que todavía tenía que divorciarse.

—Cómo me encantaría no tener que trabajar todo el tiempo como tú —dijo Laura con cierto sollozo.

—Preciosa, trabajo todo el tiempo, sucede que he encontrado la fórmula para el placer y el trabajo casi simultáneos. Hoy en día es el Internet, y me mudé a West Palm Beach para encontrar placeres como vos y por un aeropuerto de primera.

Laura tomó unos segundos para recordarse: *Sí, solo soy un placer, nada más; mejor así, en matrimonio no caigo de nuevo.* El plan era simple, usar a Rodrigo como su juguete para olvidarse de la bestia de Jorge.

—¡Pero si es mi clienta favorita! ¿Qué haces aquí chica? —los interrumpió una voz aguda, penetrante.

—¡Pero si es mi corredora número uno! Mariela, él es Rodrigo, un amigo. Rodrigo, Mariela mi corredora de bienes raíces.

—Gusto de conocerle, Mariela —dijo Rodrigo levantándose y dándole un beso en la mejilla.

—El gusto es mío —respondió Mariela sonriendo e inmediatamente volteando a ver a Laura para celebrarle: «¿En dónde te encontraste a este cuerazo mujer, que estoy a la caza».

Rodrigo solo atinó a sonreír, mientras Mariela lo repasaba con la mirada absorta, como quien mira un pedazo de carne colgada. Un par de segundos después, Rodrigo le presentó uno de los asientos de la mesa.

—Déjalo que es mío —clamó Laura, cambiando de tema— Sobre mi casa nueva, ¿tienes los papeles de la inspección contigo?

—Estoy esperando que Tomás me los mande —respondió cortante, volteando hacia Rodrigo diciéndole suavemente: «Y dime, Rodrigo, ¿estás en el mercado buscando casa?».

—Ya no. Recientemente adquirí una vivienda cerca de aquí.

—Y sobre mi casa antigua, ¿Cuándo cerramos con los compradores? —interrumpió Laura.

—El viernes —Laura respondió y volviéndose hacia Rodrigo le dijo con cara de puchero: «Ay qué penita, me hubiera encantado enseñarte mis propiedades».

Rodrigo no supo qué decir ante la oferta de "ver las propiedades" de Mariela, quien instantáneamente cambio a semblante profesional, levantándose y diciendo:

—Bueno, estoy de pasada, me voy que me esperaran para completar la compra-venta de una de mis mansiones. Me saqué la lotería.

Mariela se despidió de la pareja, quedando en celebrar el viernes después de la venta de la casa de Grandview Heights en un bar. Rodrigo y Laura continuaron conversando por unos minutos más:

—Decíme, mi amor, ¿es Mariela la amiga de anoche?

—No, fue Carmen. Con Carmen nos conocemos desde siempre. Es madrina de mi hija Viviana y colega en el hospital. Ella me ayudó en conseguir el puesto de jefa de enfermeras de piso en St. Mary, cuando mi ex y yo nos mudamos de Miami hace un par de años.

—Ya veo. Carmen conoce a tu ex y al padre de tu hija… —dijo fijándose en la hora en su iPhone—, es hora de irme que me esperan.

Rodrigo le dio un beso a la volada, dejó efectivo sobre la mesa y salió raudo del café. Laura se quedó sorprendida de cómo el galán se transformó en un hombre cualquiera por la manera en que se despidió. *Hombres, todos al final son la misma mierda, suerte tiene éste que está delicioso, sino lo hubiera mandado a volar*, pensó levantándose de la mesa.

***

Laura comenzó su turno del viernes a las cinco de la mañana, planeando salir a las dos de la tarde para cerrar con la compra de su nueva casa. No tardó en cruzarse con su íntima.

—¿Qué tal te fue en tu día libre? ¿Cómo están tus pollitos? —le preguntó a Carmen.

—Todo bien, los chicos creciendo, extrañando a Miguel... Más bien, ¿qué tal tu noche con Rodrigo? —interpeló la pelirroja.

—El ché me tuvo despierta toda la noche, apenas pudimos dormir. Te cuento que lo tiene grueso como una bazuca.

—Así que encontraste el reemplazo de Jorge, como él fue el de Carlos.

—¡Qué mala eres conmigo! Tú sabes muy bien lo mierda que fue Jorge conmigo. Tenía que acabarlo con el muy hijo de puta. Y Carlos estaba casado con su trabajo de policía, nos tenía a mí y a Viviana abandonadas.

—Cierto, pero a este tipo lo conoces solo de primer nombre. A Jorge no lo cogiste hasta después de varias semanas de conocerlo. Inclusive le hiciste un *background-check*.

—Y así va a ser por el momento, "de primer nombre". De qué sirvió tanta verificación, si al final el idiota de Jorge no valió la pena.

En ese instante sonó el teléfono de Laura. Era Viviana. Carmen se despidió apenas Laura se puso a hablar:

—Hola, hija mía, ¿Cómo vas?

—Hola mami. Aquí en el trabajo. Llamo porque tenemos que conversar. ¿Qué planes tienes para almorzar?

—Ocupada y con planes para esta tarde. Si quieres vente para la cafetería del hospital.

—No tengo tanto tiempo. Quiero que me cuentes acerca de tu nuevo amigo. Mi madrina me dice que apenas lo conoces y que ya se están acostando.

—No veo el problema con eso. Rodrigo es un caballero.

—Así que de verdad vas a dejar a Jorge, cambiándolo por un extraño. Él fue bueno con nosotras cuando tú y mi papi se separaron.

—El tarado de Jorge se portó bien al comienzo, pero no tardó mucho para comenzar a maltratarme. Rodrigo, por el momento, es un caballero que me mima, respeta y me trata como me merezco. Necesitaba el cambio.

—Tú lo has dicho, "por el momento", mientras tanto, eres la perrita de un extraño —dijo Viviana en el auricular, dejando a Laura atónita con sus palabras.

—Tu madre quiere ser feliz y si es siendo una perrita, que así sea. No puedo hablar más, tengo que hacer.

Madre e hija desconectaron, y se pusieron ocupadas para olvidar el mal momento en el teléfono. *Tengo el derecho de buscar ser feliz*, pensó Laura mientras revisaba las dosis de medicamentos recetadas a los pacientes de su piso. *Capaz fui muy dura con mi mami, pero tengo que hacer algo antes que se malogre la vida*, pensó Viviana, saliendo de su oficina decidida a hablar con sus dos padres.

***

Rodrigo llegó al bar indicado unos minutos más temprano de lo estipulado. Se pidió un escocés en las rocas, sin agua. Estaba contento por el resultado de sus negociaciones y se preparaba para disfrutar del fin de semana con su nueva conquista, la deliciosa güera Laura. Planeaba viajar a California la próxima semana para firmar contratos y no vería a Laura por un tiempo.

El escocés arribó. Tomó un sorbo meditando sobre la posibilidad que Laura sea la mujer que habría estado esperando para compartir su fortuna. Se dijo que probablemente Laura no podría aceptarlo debido a su pasado como administrador de negocios de lavado de dinero del crimen organizado, actividad de la que milagrosamente pudo escapar.

Desde su mesa cerca de la barra, vio entrar al local a una hermosa mujer. Pelo azabache, sonrisa infinita, ojos claros, piel bronceada, curvas perfectas. *Modelo*, pensó mientras clavaba la mirada en la voluptuosidad de los pechos y nalgas bamboleantes. La hermosura se sentó en un banco cerca de él. Laura súbitamente apareció frente a él.

—Hola Rod. Vi cómo se te caía la baba por la nena de la barra —le dijo, mientras la examinaba—. Mira ese cuerpazo, ¿te gustaría agarrártela?

—Hola preciosa. Sí, la mina esta rebuena. ¿Qué tal si le hacemos la guerra los dos juntos? —dijo sin mucha esperanza de una respuesta afirmativa, pero relamiéndose mentalmente ante la posibilidad de poseer a la güera y a la morocha al mismo tiempo.

—La propuesta está interesante. Esa experiencia no la he tenido. ¿Cómo nos mandamos? —dijo Laura, completamente fuera de carácter y sorprendiendo a Rodrigo.

—Ni idea, dulzura. Ya se nos ocurrirá —respondió mirando con lujuria a las damas, para luego reaccionar—: ¿Mariela está en camino?

—Sí, vinimos juntas de su oficina. La dejé flirteando con el valet. Realmente está arrecha, se coquetea con cada hombre que se le cruce. Lo importante es que la casa está vendida y me tengo que mudar en una semana. ¿Qué tal si de aquí nos despedimos del lugar a balazos? —Laura dijo pasando la mano entre las piernas de Rodrigo.

—De acuerdo, es guerra sin cuartel. Nadie sale sin una bala en el cuerpo. Y si la morocha se nos aúna, es guerra mundial.

Mariela, entró al local y se dirigió hacia la pareja. Más bien se dirigió hacia la hermosura de la barra, a la que saludó a besos en las mejillas. De la mano la llevó hacia la mesa de la pareja.

—Hola chicos, les presento a Serena, mi amiguita genio. Serena, te presento a Laura y Rodrigo —les dijo empezando una serie de besos cruzados.

Laura y Rodrigo sonrieron maliciosamente. Los dos pensaron: *A la morocha nos la repasamos*. Rodrigo no pudo resistir en preguntar por el calificativo de genio. Serena respondió tímidamente:

—Ni tanto. Son cosas de Mariela, a quien conozco desde la primaria. Trabajo en una compañía aquí cerquita, en el departamento de informática, encargada de las bases de datos —dijo seriamente, continuando—: Mi verdadera pasión es la playa y la vida —dijo cerrando los ojos y acariciándose las caderas sensualmente.

***

El teléfono sonó con insistencia. Laura se levantó de la cama sacándose de encima los brazos de Rodrigo y Serena. Alcanzó el teléfono que exigía atención.

—¿Aló? —contestó suavemente.

—*Hey*, Laura, soy Jorge, tu marido —dijo una voz profunda.

—Ex, mejor dicho, ¿qué quieres? —susurró en consideración a los dormidos.

—Viviana me contó de tu amante. ¿Qué mierda crees que estás haciendo? ¡No estamos todavía divorciados y ya te estás portando como una puta de mierda! Estás malogrando mi reputación, afectando mis negocios.

—No jodas, Jorge. Tu reputación de huevón está intacta —respondió furiosa y colgó el auricular violentamente.

Rodrigo despertó y reparó en el desasosiego de Laura. Se levantó, caminó hacia ella y la abrazó dulcemente.

—¿Qué le pasa a mi corazón? ¿Malas noticias? —preguntó dándole un beso en la frente y llevándola de la mano para que se sentaran al borde de la cama.

—Mi ex, Jorge, se enteró de ti… Viviana le dijo.

—Veo que te importa —dijo Rodrigo sospechando la respuesta.

—Tengo que confesártelo. Lo conozco en lo más profundo, la persona buena y considerada. No el energúmeno que me cansé de soportar.

—Estás enamorada de tu ex —concluyó Rodrigo, temiendo que sería el final de la fiesta.

—El Jorge del que estoy enamorada no existe más. Murió hace años. El que vive no es él. Tú en cambio estás aquí, consolándome.

Rodrigo no respondió, en silencio la siguió abrazando, dándose cuenta que los dos estaban todavía desnudos. Esa desnudez lo hizo recapacitar que hasta ese momento no había intimado tanto con una mujer. Se decía que no tenía tiempo y que ninguna mujer se merecía la vida que le podría ofrecer. Inclusive ahora, que se escondía de la mafia y de la justicia, la posibilidad de una relación normal era baja.

—Capaz sea el momento de presentarme —dijo proponiendo romper lo pactado en la primera cita en el café hacía apenas unas semanas.

—¡No! Sólo de primer nombre. Yo soy Laura y tú, Rodrigo. Por el momento no necesito más, no quiero más —dijo tajantemente, mientras apoyaba su cabeza sombre el hombro de Rodrigo.

Serena se despertó. Abrió un ojo, apenas. Sintió a alguien más en la habitación. «¿En dónde estoy?», preguntó con voz de modorra. Se estiró cuanto pudo alzando los brazos al aire. Rodó poniéndose de costado y terminó de abrir los ojos. Al ver las espaldas desnudas de la pareja abrazada al pie de la cama, se dio cuenta en dónde. «Mierda, otra vez. Debo dejar de mezclar cerveza, vino y tequila», murmuró hundiendo la cara en el colchón. Levantó la cabeza y les dijo: «Hola, mi nombre es Serena».

Laura y Rodrigo soltaron la carcajada.

***

Laura se acicalaba para ir al hospital en su turno del domingo. Alguien tocaba el timbre de su puerta. Laura abrió. Era Carlos, padre de Viviana.

—Laura, madre de mi hija. ¿Puedo pasar?

—Pasa rápido que tengo que terminar de maquillarme para irme a trabajar.

Laura cerró la puerta y caminó de regreso a su maquillaje, mientras Carlos la seguía diciendo:

—Creo que sabes por qué estoy aquí. Viviana está preocupada por tu aventura. ¿Un extraño que apenas conoces el primer nombre? Es tu vida, pero no deberías jugártela de esa manera.

—¿Quién lo dice? ¿Mi ex, el padre de mi hija, o el detective de la policía? —contestó mientras se colocaba el delineador de ojos.

—Los tres, pero sobre todo el padre de tu hija.

—Ya te escuché, no me importa tu opinión. Tengo que irme —dijo Laura guardando los cosméticos y recogiendo su bolso.

—Me iré cuando me prometas que a la primera rareza que haga el individuo te alejas y me contactas —dijo Carlos con firmeza siguiendo a Laura que se dirigía a la puerta.

—Está bien. Gracias por el consejo, conejo; pero es mi vida, como bien lo has dicho —dijo caminando hacia la entrada. Estando a punto de abrir el cerrojo se acordó de algo que tenía pendiente con él. Se detuvo y volteó.

—Ya que estamos en esta racha de revelaciones. ¿Carmen no se ha enterado lo de ti, Miguel y yo?

—Que yo sepa Miguel nunca le contó, yo tampoco y tú por algún motivo guardas bien en secreto el evento.

—Cierto que habría pasado mucho antes que Miguel y Carmen se juntaran, pero comenzó como algo confidencial y sellado, y tendrá que mantenerse así. Especialmente después de la muerte de Miguel.

—*Hey*, tú sabes que estoy de acuerdo en mantener el tapadito. De la misma manera que mi compañero de armas lo hizo con su mujer.

***

Tarde esa noche, Rodrigo pasó a visitar a Laura camino al aeropuerto. Laura le contó de la visita de Carlos, sin mencionar sobre la promesa y el secreto.

—Tu hija te está echando fama. La piba no sabe ser discreta.

—No entiende. Es mi culpa por no establecer límites claros desde pequeña. Siempre se ha metido en mi vida, dando opiniones y consejos como si fuera adulta.

—Toda una dominadora como la madre, ja —bromeó Rodrigo.

—Bien que te gusta, guacho —Laura dijo sonriendo.

Rodrigo recibió un mensaje en su teléfono que decía: «Su avión privado está a su disposición para el vuelo de PBI a SFO».

—El avión me espera.

—Otra experiencia que no he tenido, volar en privado. Debe ser único.

—En este caso, volar en privado no está sobrevaluado. Es orgásmico. Un vez que lo hacés no podés regresar a comercial. En el avión ceno y duermo. Llego a San Francisco con suficiente tiempo para refrescarme y reunirme con mis socios inversionistas temprano en la mañana. Tomo un vuelo al mediodía y debo de estar aquí para cenar con vos. Te recojo a las nueve.

Laura lo acompañó a la puerta.

—Por cierto, ¿Carlos es detective de qué cuerpo policial?

—De la policía de Boca, la ciudad al sur.

—Sí, sí. Boca, Boca Ratón, ¿es de homicidios, narcóticos…?

—Estás muy preguntón ¿qué tanto te importa lo que hace Carlos?

—Es siempre bueno conocer a alguien en la policía, mi vida. Uno nunca sabe.

Se despidieron con un beso largo, profundo, como si fueran a estar separados por un tiempo inusualmente largo. Rodrigo enrumbó hacia el aeropuerto, pensando: *Carajo, policía, la güera no va a funcionar más*. Laura en cambio, al cerrar la puerta, se dijo: *Capaz sea el momento de presentarme por completo a Rodrigo*.

* * *

Como todos los martes, Carmen visitó a Laura. Esta vez la regañó:

—Era obvio que no duraría. Bien que no haya llegado a mucho más allá de tu cama. Si estás dolida, es por tu culpa de meterte con un extraño que conociste en una sala de chat.

—Esa era la idea de no saber su apellido, no existe, es una sombra —dijo guardando para sí misma que su relación con Rodrigo fue más allá de su almohada.

—Ahora, reconsidera arreglarte con tu marido.

—¿Para qué, para que siga siendo el idiota, me falte el respeto, me insulte en público, y ahora que me reproche la aventura con un "extraño" por el resto de mi vida?

—Hablé con Jorge hace unos días. Le hice ver lo abusivo que ha sido contigo. La conversación, combinada con los celos por tus amoríos ayudó para que se diera cuenta de lo mucho que está enamorado de ti.

—Y yo de él, del que fue, no del que es hoy. Volver a vivir con él no sería saludable.

—No tienes que regresar sin que Jorge demuestre que puede cambiar. Llámalo –le dijo alcanzándole el teléfono.

Laura llamó dudando que algo tan drástico pudiera suceder. ¿Podría Jorge volver a ser aquel hombre de quien Laura estaba todavía enamorada? Sus incertidumbres se desvanecieron durante esa conversación. Jorge prometió cambiar y Laura perdonar. Jorge prometió nunca reprocharle la aventura con el extraño y Laura se comprometió a nunca más dejarlo si su cambio era verdadero. Así comenzó un largo proceso de reconciliación.

***

Las semanas pasaron rápidamente, Laura y Jorge seguían separados, pero compartían sus lechos prácticamente a diario como visitantes de la noche. La relación mejoró al punto que Laura puso a la venta la casa en donde vivía, con el plan de mudarse a su hogar con Jorge dentro de poco.

Era miércoles, Laura se encontraría con Jorge en la oficina para salir a almorzar. Jorge la invitó diciéndole que le tenía una sorpresa. Llegó a tiempo. La asistente de Jorge la invitó a la sala de espera, ya que él todavía se encontraba en una reunión de negocios.

Mientras esperaba, vio salir de una de las salas de reuniones a una mujer de aspecto promedio y perfil familiar. Serena. Caminaba abstraída en su iPad, moviendo lentamente el dedo sobre la pantalla. Laura intentó saludarla llamándola por su nombre.

—Serena, soy yo, Laura.

—Muy buenas señora, tanto gusto. Disculpe que no pueda quedarme a conversar —contestó Serena, caminado sin fijarse en ella.

Laura sonrió al darse cuenta que Serena vivía en un mundo aparte, distante, en el que posiblemente ni se acordase que compartieron la cama y a Rodrigo juntas. Ella sabía que los sucesos de esa noche quedarían ocultos para siempre.

Jorge salió de su oficina buscando a su esposa, jubiloso.

—¡Vendimos la compañía! Podemos retirarnos y viajar por el mundo por el resto de nuestras vidas —aplaudió, abrazando y besando a su mujer.

—¡Celebremos!

—Déjame presentarte al nuevo dueño. Es de Jalisco, México. El señor Armando Machado.

Laura volteó y le dio la mano a Machado, un hombre joven, de barba y anteojos.

—Mucho gusto —le dijo, sintiendo un roce familiar.

—Armando Machado, a sus órdenes —dijo sonriendo, su voz era profunda y su acento mexicano—. Han construido una gran empresa. Espero que disfruten la vida en retiro. Se lo merecen.

En silencio Laura reconoció a "Rodrigo", al que conoció solamente de primer nombre en una sala de chat.

El loco de la guerra

Félix Salvador Amicantonio

Capítulo 1

Tarde apacible, como son todas las tardecitas de noviembre en mi Mendoza natal, allí, en Argentina. La gente aprovechaba el clima y más que comprar, paseaba entre los vegetales, las carnes, los pescados y especias en esa feria que invitaba a estar allí más tiempo que el necesario para surtirse. Afuera en el estacionamiento se veía a las personas cargar las mercaderías recién compradas en sus vehículos o en los alquilados, y a los changarines corriendo de un lado para otro llevando los pesados bultos.

De repente y a la par que pasaba el avión que se dirigía a la capital, el reventón del neumático de un camión, desató, junto al sobresalto general, una situación muy particular, ya que no era un espectáculo cotidiano: un hombre de estatura mediana, maduro, vestido con ropa de trabajo salió corriendo en zigzag, blandiendo una escoba a modo de fusil en sus manos, se refugió detrás de unos cajones de manzanas y desde allí simulaba dispararle al avión, emulando con su voz el sonido de una ametralladora antiaérea, *¡¡tac!! ¡¡tac!! ¡¡tac!!*, acabando por esconderse debajo del camión cuyo neumático explotó. Muchos de los presentes lo conocían y deslizaban algunas bromas al respecto; los que no, lo miraban asombrados y un tanto temerosos. Luego de unos instantes todo volvió a la normalidad. En una radio, tal vez de alguno de los vehículos para alquilar, se escuchaban las últimas estrofas de una canción que un cantante muy popular entonaba:

"... la vida tan cruel lo vino a buscar

y el Loco de la Guerra

lo llaman por ahí..."

Nadie, absolutamente nadie sabía que esa sería la última vez que verían a ese hombre.

Capítulo 2

Tres chicos, una nena y dos muchachitos. Sus caritas alborotadas mostraban rastros de sudor por la carrera que habían realizado, jugaban, habían terminado la tarea escolar y después de tomar un refrigerio aprovechaban el resto de la tarde para divertirse y saltar. El pelirrojo era Juan, el flaquito se llamaba Héctor y ella era Martita. La mamá de Martita era maestra y los tres iban a su casa a tomar la leche y estar juntos. Eran muy amigos, ellos tenían diez años, ella era más chica, tenía ocho. Iban a todos lados juntos, a los mandados, a la escuela, aunque ella un grado más abajo, a los juegos. Eran inseparables. Se querían.

Juan era un niño muy aplicado, su papá era el peluquero del barrio, un andaluz muy conversador y amable (quien iba una vez a su peluquería, volvía siempre), estaba muy orgulloso de su hijo y quería mucho a sus amiguitos. Juan tenía dos hermanas mayores.

Martita era una muchachita vivaz, pecosa, de ojos negros. Sus padres eran personas muy queridas, ella maestra y él ingeniero. La niña era hija única, un torbellino, cariñosa y aplicada. Y a sus padres les encantaba que vinieran sus amiguitos a la casa a tomar la mediatarde y hacer la tarea. Dos veces a la semana Martita concurría a clase de piano.

Por su parte Héctor era un flaquito muy inquieto, con pelo negro y unos ojos que delataban su gran caudal de energía, su cabello siempre corto decía que era un cliente mensual de la peluquería, por supuesto la del papá de Juan. El padre tenía un puesto en la feria, a medias con un amigo llamado Mario. La mamá era quien se encargaba de la casa. No tenía hermanos.

Los tres iban a todas partes juntos, a la escuela, a los mandados, a la iglesia, a los cumpleaños, a todos lados.

Eran tan inseparables que hasta crecieron juntos y continuaron igual. A todos lados los tres, reuniones, fiestas, bailes; era muy gracioso en estos bailes de la escuela verlos bailar separados o juntos los tres, todos reían cuando los veían, pero la mayoría sabía que eran como los tres mosqueteros. Para ese entonces Juan ayudaba a su papá en la peluquería cortando el pelo, Martita en su hogar también lo hacía preparándose para ser una buena ama de casa en el futuro y Héctor había conseguido un trabajo en la mayor carnicería de la feria, no quiso trabajar en el puesto de su papá porque decía que no quería acomodo. Entraron en la época en que el amor llama a la puerta de los jóvenes y los que los conocían hacían apuestas para ver por quién se inclinaría ella, que a esta altura ya era Marta. Nada hacía presumir qué ocurriría, qué sombras oscuras se interpondrían entre estos chicos. Nadie lo hubiera pensado.

Capítulo 3

Los muchachos estaban ya en la época que en Argentina los chicos a los dieciocho años son sorteados para prestar servicio militar obligatorio en las Fuerzas Armadas. Con la última jugada de la Lotería Nacional del mes de enero se hace una rifa, y según las últimas tres cifras de su documento de identidad les corresponden tres números según los cuales prestarán servicio en la milicia. Los de número más bajo se "salvan", después de una cifra a otra van al Ejército, de esa cifra a otra a la Aviación y el resto a la Marina. Por suerte para él, Juan se salvó, pero, a Héctor le tocó número alto, así que su destino fue la Marina. Juan se apenó por Héctor, este se alegró por Juan, y Marta se apenó y se alegró por los dos.

Un año después tocó el momento en que Héctor debió partir a su destino. No está demás saber que éste era a 1,000 kilómetros de distancia, ya que debía viajar a la capital, en donde sería entrenado.

Allí iban los tres cabizbajos, más atrás los papás de Héctor también compungidos, ya que no sabían cuándo volverían a verlo. Llegó el momento de la partida del tren, el famoso Tren Blanco de la Marina, los ojos llenos de lágrimas de parientes, amigos y futuros soldados daban más pena al atardecer. Al día siguiente, alrededor de media mañana, llegaron a su destino. Era una nueva vida que comenzaba, Héctor se había asesorado bien con amigos que pasaron por esto y con los soldados que los acompañaban, sabía cómo se tendría que comportar para no tener problemas y pasarla relativamente bien, le contaron más o menos la rutina y le recomendaron que para estar en buenas era preferible llevarla a cabo lo mejor que pudiera. Pasaban los días y la vida era muy dura, todo el día adiestramiento, marchas forzadas, uso de armas, lucha cuerpo a cuerpo, y por las noches varias horas desnudos a la intemperie para foguearlos en aguantar el frío, además que las raciones de comida se salteaban para acostumbrarlos a la falta de alimentos. En ese tiempo se había juntado con soldados de la provincia de Corrientes, muchachos muy sencillos que le tomaron cariño y que le enseñaron el manejo del chuchillo, ya que en esa zona del país son famosos por lo buenos que son con esa arma. De ellos aprendió el manejo de ese artefacto, asimiló muy bien y era muy bueno. La delicia para los instructores eran los días desapacibles de lluvia o de viento fuerte que llegaban desde el Río de la Plata, porque los hacían marchar con armamento completo y cargados de municiones por caminos cubiertos de barro. Durísimo entrenamiento que según oyó los soldados antiguos no lo vivieron y comentaban entre ellos que algo se estaba cocinando, algo muy raro y que en realidad sería FUNESTO. Un buen día se reunió a la tropa y les informaron que a partir de ese momento se ordenaba no escribir más de una carta por semana a los familiares, además de prohibir que mencionaran desde dónde estaban escribiendo y cuál era el entrenamiento. Les dijeron que desde ya se prohibían todas las llamadas telefónicas, tanto entrantes como las que se hacían hacia afuera. Los soldados intuyeron que algo estaba pasando y no creían que fuese muy bueno. Una semana después los despertaron más temprano que de costumbre, los gritos de los oficiales atronaban en el batallón, había corridas, órdenes y contraórdenes, los formaron y les ordenaron mantenerse alerta cumpliendo con lo que se les mandaba. Fueron conducidos en grupos a la ropería donde se les entregó ropa interior de invierno, gruesa parka impermeable y reforzada contra el frío, botas especiales. Luego se los llevó a la sala de equipamiento, donde cada uno fue surtido con armas, municiones, granadas, y todo lo necesario para la batalla. Creyeron que era un entrenamiento y no sabían que era más que eso. Los condujeron en camiones hasta el aeropuerto militar de Punta Indio y allí fueron ubicados en aviones de transporte de tropas, desde luego a nadie le dieron explicación alguna. Luego de cinco horas de vuelo, aterrizaron, y después de una muy frugal comida fría, fueron conducidos a un gran buque de desembarco. Cuando estuvieron embarcados allí, todavía muchos pensaban que era un simulacro o un entrenamiento, muy pocos, casi ninguno intuyó lo peor, que iban a LA GUERRA.

Capítulo 4

Muy temprano comenzó aquel dos de abril, digamos mejor que parecía que había amanecido antes, el movimiento de personas era más grande que de costumbre. Los periódicos ya daban la noticia, las radios retumbaban en el ambiente con las marchas militares. La gente tenía, a pesar de la hora tan temprana, la cara de satisfacción total, muchos ojos empañados por lágrimas de felicidad y emoción. No todo era alegría, los que sabían de esto, los que entendían y los padres de los soldados tenían el gesto adusto por el miedo y la incertidumbre. Todo el mundo estaba pendiente de las noticias posteriores, el tema del día era: ARGENTINA HABÍA INVADIDO LAS ISLAS MALVINAS. "Sus Islas Malvinas". Las primeras noticias levantaban el fervor patriótico de las personas que poco a poco iban invadiendo Plaza de Mayo, en la capital. En las provincias también había algarabía, la gente marchaba hacia los centros neurálgicos de cada una de ellas, para festejar y apoyar tan magno acontecimiento, la junta militar que gobernaba el país daba información al pueblo, el presidente en el balcón de la Casa Rosada dio un encendido discurso, que mojaba los ojos de quienes escuchaban las palabras altisonantes. Todo era festejo. Todo felicidad.

Los que pensaban, y muchas personas que analizaron la situación, se dieron cuenta que esta maniobra parecía un manotón de ahogado de un Gobierno de facto antipopular que estaba cayendo en picada. Muy poco tiempo después, la evolución de la guerra les dio la razón. Era una conflagración sin sentido, desigual, cruel y que tendría un costo muy alto para los argentinos. Poco tiempo después la fuerza argentina sucumbió al poderío militar británico, superior en armamento, logística, aliados, y sobre todo, experiencia. Dos meses bastaron para que los soldados argentinos se rindieran ante el enemigo, después de pérdidas de armamento, vidas, material y sobre todo esperanza. Las noticias sobre el progreso de la guerra eran mentirosas, nadie decía en realidad que las fuerzas iban perdiendo terreno hasta que llegó la rendición. Hubo una gran cantidad de muertos, heridos y mutilados. Se dijeron muchas cosas, que las tropas estaban desmoralizadas, que hubo escasez de abrigo, de comida, de municiones, de estrategia. Tantas cosas se dijeron.

Capítulo 5

Los soldados volvieron al continente de a poco. Unos en barco, otros en avión. Desde el puerto y la base aérea los llevaron en camiones tapados con carpas a los regimientos. El pueblo no los pudo ver. Los trataron como cobardes que habían "perdido" la guerra. ¿Qué culpa pueden tener quienes pelearon en inferioridad de condiciones? Pero bueno, a alguien tenían que culpar. Los amontonaron en las bases y poco a poco los fueron soltando, ni un reconocimiento, ni una palabra de aliento, heridos, mutilados en cuerpo, pero también en alma. Héctor llegó a su ciudad, allí lo recibieron muy pocos; lógicamente, allí estaban Martita y Juan, además de su padre. Allí lo recibiría otra derrota peor: su mamá había muerto. Cuando él estaba desembarcando ella tuvo un derrame cerebral del cual no se recuperó. Trataron de avisarle, pero no se podía, no se debía informar acerca de dónde él estaba. Órdenes son órdenes, le habían dicho, y nada más. Al bajarse del tren que lo traía, su papá se adelantó y lo abrazó, notó algo raro pero lo disimuló, también Martita y Juan lo abrazaron, ellos también se dieron cuenta, era muy duro, pero Héctor no era él, era un mutilado más. Una medalla al Valor en Combate lucía en su pecho, como una marca más del horror. Los saludó como si no los conociera, como si fueran simplemente alguien de paso. Lo acompañaron a su casa, él no tenía ninguna emoción, no era ni la sombra de quien se fue poco tiempo atrás. Solamente hablaba con monosílabos, sí, o no. Nada más. Casi todos los días sus amigos lo visitaban, pero él poco hablaba, ellos estaban muy preocupados, no sabían qué hacer. Ni siquiera se lo vio apenado por la muerte de su mamá, ¿mamá?... ¿qué mamá? No se acordaba. Los médicos dijeron: amnesia postraumática, solo eso. Poco tiempo después, su padre perdió la parte del puesto que tenía en sociedad con Mario, el alcoholismo en que había caído a raíz de la muerte de su compañera y el descalabro de su hijo fue la causa del desmoronamiento que lo hundió en esa enfermedad. Pasado un año Héctor decidió irse a vivir solo, ya trabajaba con el antiguo socio de su padre y allí mismo, en la parte de atrás del negocio, se instaló a vivir en una pequeña habitación usada como depósito, que él arregló para estar, allí dormía y comía, tenía una pequeña hornalla en donde se cocinaba lo que conseguía allí mismo en la feria.

Capítulo 6

El tiempo fue pasando. Varias veces Marta se lo cruzaba a propósito, era para ver si reaccionaba y la reconocía, pero eso nunca ocurrió. Así pasaba la vida para Héctor. Trabajaba duro, en sus momentos libres tallaba en maderas pequeñas, que sacaba de los cajones de mercadería, figuras geométricas, objetos que eran útiles, como repisas, colgantes y otras chucherías. Usaba un cuchillo como de treinta centímetros de largo, cuyo filo se esmeraba en mantener, el arma la compró en la misma feria, en el lugar donde además de éstas, también vendían encendedores y relojes, por supuesto de los más baratos. Siempre llevaba su cuchillo a todas partes, lo que llamaba la atención es que lo portaba en su pierna, adentro de una vaina de cuero y por debajo de la pernera del pantalón, a la manera de los comandos.

Habían pasado un par de años. Un buen día Marta y Juan llegaron al lugar donde vivía. Preguntaron por él. Cuando los vio llegar se preguntó quiénes eran. En ese momento hubo un chispazo dentro de su cabeza y cuando advirtió quiénes eran, la chispa se apagó. Fue menos de un segundo, pero algo sintió en ese momento, nada más. Ellos se acercaron lentamente traían un sobre para él, antes de entregárselo lo abrazaron y le susurraron que los perdonara, pero, ¿por qué?... otra vez el chispazo, otra vez se apagó, ante su incertidumbre le contaron que se casaban, él siguió sin entender, ¿qué tenía que ver Él?, ¿por qué lo invitaban? ¿QUIÉNES ERAN? A duras penas lograron hacerle entender que eran sus amigos y que necesitaban, más, que querían, verlo en su boda. Aceptó a regañadientes. Un mes después contrajeron matrimonio. Héctor acudió a la iglesia, solo eso. Estando allí volvió a sentir el chispazo. No entendía qué era, duraba solo un segundo. Unos meses después Juan invitó a Héctor a ir a su peluquería a cortarse el pelo, le dijo que le gustaría que fuera cuando quisiera, que no le cobraría. Él fue un día, más que nada por saber, quería enterarse por qué recurrían a él, qué los unía. Juan y Marta no querían molestarlo, ni atosigarlo, sabían que los médicos opinaban que su problema se podía empeorar, que era muy raro que se recobrara de su amnesia y que cualquier emoción podía tener un efecto más pernicioso que el actual. Marta pasaba cerca de la feria con asiduidad, muchas veces para verlo y saber si estaba bien, un par de veces al pasar cerca

Sociedad de escritores de Columbus

de él sintió un "algo" especial, llegó a pensar qué hubiera pasado entre los tres de no haber mediado la guerra, pero solo fue un pensamiento. Un día ella quedó embarazada, tuvo una hermosa niña, al tiempo tuvo otra, también preciosa, una vez, cuando estuvieron más grandecitas se las llevó a Héctor, pero este no demostró ninguna emoción especial al verlas.

Capítulo 7

Pasó el tiempo, todo seguía igual. Nada había cambiado, la vida seguía su rumbo. Una mañana Héctor vio un revuelo ante el puesto de periódicos de don Manuel, se acercó y allí su destello fue más largo, duró casi tres o cuatro segundos. En la portada del diario de la fecha estaba la foto de Juan, lo habían asaltado, lo habían matado, punto. No reaccionó más, el chispazo se apagó.

La noticia decía que Juan, la noche anterior, sacando a pasear el perro, un hermoso ejemplar de ovejero alemán, y antes de entrar de vuelta a su casa, fue sorprendido por unos ladrones, dos, que lo encañonaron y lo querían hacer entrar a su hogar para robarle todo, que Juan se resistió, que les azuzó el perro y que lo habían baleado, matándolos instantáneamente a él y al animal; éste había alcanzado a morder al delincuente y lo había herido. El sepelio fue dos días después. Juan tuvo otro chispazo, más largo que el anterior. Fue cuando vio a Marta y a sus dos hermosas hijas encabezando, llorando desconsoladamente, el cortejo fúnebre de su amigo. Allí se le aclararon más los recuerdos. Vio una niña y dos niños, una escuela, un baile, una amistad, un tren y dos jóvenes llorando su partida.

Hubo una investigación, el policía encargado de la misma fue el sargento mayor Aguilar, un policía de raza, le faltaba poco para jubilarse, sagaz, minucioso, avezado, aparte había sido amigo del padre de Juan, a quien conocía de chico, era uno de los que apostaban a ver con quién se quedaría Martita y había ganado. Tomó el caso y enseguida supo quién era el asesino, el Morena; él lo conocía de niño, cuando era adolescente lo detuvo la primera vez que delinquió, no quiso perjudicarlo, se lo llevó de una oreja al padre, este se encargó del castigo, fue muy duro. La segunda vez no pudo hacer lo mismo, esta vez había herido a la víctima y esto era muy serio, lo llevó a la comisaría y lo entregó al fiscal, estuvo un año en el reformatorio, cuando salió, siguió en la mala senda y cayó varias veces, pero, como era menor, salía al poco tiempo. Aguilar sabía, estaba seguro que el Morena tarde o temprano cometería un asesinato, y no se equivocó. Se dio cuenta que era él porque varias veces fue arrestado portando un revolver calibre veinte y dos con balas de punta hueca, estas balas no son usuales en armas de puño, son utilizadas en rifles y carabinas para cazar. A Juan y a su perro los mataron con este tipo de balas. Comenzó la búsqueda del delincuente. Les costaba encontrar la pista para apresarlo.

Capítulo 8

Héctor tenía un pequeño vicio: le gustaba la cerveza. No era de los que se emborrachaban ni bebía todos los días, solamente los sábados por la noche y no lo hacía ni en la calle ni en bares, tenía su lugar especial. Como a dos kilómetros del poblado, había una gran casa abandonada. Era un caserón muy grande, había sido la casa patronal de una finca donde se cultivaba la vid, ésta se usaba llegado el momento para elaborar vino, la bebida que era la principal entrada de dinero para la provincia. La casa había conocido mejores momentos, fue lujosa, pero ahora estaba abandonada, semiderruida, tenía dos pisos, en la parte baja tenía sala, cocina, comedor y otros lugares, era grande y allí se llegaban vagabundos a cobijarse del frío invernal, otros solamente a descansar y seguir viaje, algunos que paraban permanentemente, eran los desangelados de siempre, allí llegaba él a sentarse simplemente en un rincón a beber un par de porrones de dos litros de cerveza cada uno, que traía en una bolsa, y luego se dormitaba unas horas y al amanecer se marchaba. Allí se estaba tranquilo, muy pocas veces había peleas, algún borracho que buscaba lío, pero los demás se encargaban de echarlo para no alterar la tranquilidad. De vez en cuando caía la policía a inspeccionar el lugar, a identificar a los eventuales moradores o a buscar a algún delincuente de poca monta. Aquella noche estaba tomando su cerveza cuando alguien le comentó que llegaron dos personas que no le gustaron nada, una de ellas venia apoyándose en la otra, como si estuviera enfermo o herido, y que subieron a la planta alta, en donde estaban los dormitorios con sus techos agujereados, nadie subía allí, no era bueno, en invierno porque el frío se colaba por arriba y en verano por las lluvias, no era confortable, pero los recién llegados subieron como si quisieran esconderse de algo o alguien. Esperó que se hiciera más de noche y subió sigilosamente las escaleras, le costó, algunos escalones crujían, pero su curiosidad era grande. Cuando llegó a lo que fue el dormitorio principal, escuchó susurros, decían algo así como que la herida del brazo se le había infectado a uno de ellos, que el perro de mierda lo había mordido muy fuerte y lo había lastimado, que le dolía, parecía que desvariaba, le pedía al otro que fuera a comprar medicinas, que tenía frío, estaba tiritando, que le trajera vino para tomar, el otro trataba de calmarlo diciéndole que saldría a comprar lo que necesitaba, que se calmara, que había sido una mierda que hubiera disparado contra al colorado y contra el perro, que ahora que estaba muerto la policía se les echaría encima, que compraría medicinas por la mañana porque en la noche levantaría sospechas. Esta vez el chispazo fue terrible, duró poco pero alcanzó a ver a la luz de una vela que los recién llegados tenían sendos revólveres en la cintura, se dio cuenta que seguramente no eran buena gente. Bajó y volvió más temprano que de costumbre a su pieza, entró al puesto donde trabajaba, era de madrugada, faltaban unas horas para abrir, tomó el periódico de arriba del mostrador y se puso a leer: a Juan lo habían asaltado dos delincuentes, el perro se abalanzó sobre uno de ellos y le mordió fuertemente el brazo, lo había herido gravemente, dejó un reguero de sangre al irse no sin antes haber disparado a la cabeza del hombre dos veces y tres al cuerpo del animal. De nuevo el chispazo, la cara del hombre que se quejaba de haber perdido mucha sangre, de que estaba su brazo infectado, que el perro lo había mordido, vio su cara a la luz de la vela, ahora lo recordaba, le habían dicho que no se juntara con él, que era peligroso, que usaba drogas, que no le hacía asco balear a quien fuera, que le decían el Morena. Se apagó el chispazo. Por la noche volvería. Amaneció, comenzó una nueva jornada de trabajo. Pasó un avión. Se reventó el neumático de un camión. Todo siguió igual. ¿Igual? Pasó por la casa donde viviera Juan, se paró en la puerta, vio a Marta con su vestido negro, sus ojos rojos, sus hijas también con sus caras demacradas y dolidas. Pensó, hacía mucho que no pensaba. Llegó el anochecer. Se palpó la pierna. Compró dos cervezas. Se marchó.

Capítulo 9

Llegó al lugar en el patrullero, ya habían otros policías, éstos lo llamaron porque sabían que él, el sargento mayor Aguilar estaba en el caso, subió entre fotógrafos, policías de científica y otros agentes, llegó a la habitación que tenía un agujero enorme en el techo. Los cadáveres estaban, uno en un rincón con un puntazo en el pecho que le había interesado el corazón y el otro con su cuello cortado de oreja a oreja, este último tenía en su mano derecha un revólver usado hacía pocas horas con un casquillo de bala de punta hueca en su tambor que fue disparada. A unos metros salía un reguero de gotas de sangre que bajaba por las escaleras y salía al patio para perderse entre los matorrales en el fondo. Aguilar conocía a uno de los muertos, era el delincuente conocido como el Morena, el otro era desconocido para él, ya le estaban tomando las huellas para identificarlo. Comenzó a rastrear el lugar, restos de vendas y blíster de antibiótico, más lejos botellas vacías de vino, en un rincón algo brillaba, se agachó y lo levantó, era una medalla al Valor en Combate, la había visto alguna vez en un desfile militar en el pueblo, miró hacia todos lados, se la echó al bolsillo, no la puso en una bolsa como evidencia, se dirigió hacia el patio siguiendo la sangre que se había secado, miró hacia los matorrales que se perdían en el horizonte, pensó que en un mes se retiraría, se imaginó la carátula del reporte del hecho: «Doble homicidio con arma blanca como resultado de un ajuste de cuentas entre bandas rivales». Se volvió, se dirigió hacia su patrulla y mientras sonreía para sus adentros, pensando cuán rápido se puede derretir en el fuego una medalla al Valor en Combate, comenzó a cantar, con voz apenas audible, una canción muy conocida del folklore argentino:

"...la vida tan cruel, lo vino a buscar

y el Loco de la Guerra

lo llaman por ahí..."

Comemierda

Ani Palacios

Como persona Juan Carlos Salazar era una mierda. Él era una mierda. Su vida era una mierda. Su boca marrón, de labios gruesos, abultados, surcados por piel seca colgando de las comisuras, eran los de un comemierda.

Esa mañana salió el sol para todos menos para Juan Carlos Salazar, él arrastraba los pies debajo de una nube gris y ya de camino al trabajo empezaron los problemas. Que si el perro del vecino se orinó en sus zapatos nuevos mientras esperaba el autobús. Que si el conductor del bus cerró la puerta antes de tiempo, dejando el meñique de Juan Carlos Salazar señalando hacia la distancia mientras él berreaba de dolor y le gritaba al chofer que se detenga. Que si su jefe lo esperaba con una torre de reclamos apenas se sentó en su cubículo esa mañana.

Después de escuchar la letanía de ineptitudes asignada a su persona por su supervisor, a Juan Carlos Salazar no le tocó otra que sonreír, agradecerle al jefe por las críticas constructivas e iniciar la jornada sintiéndose frustrado.

Al encender la computadora sintió que un pedazo de piel seca cayó de sus labios al teclado y al tratar de sacarla con sus dedos voluminosos se quedaron las teclas pegadas hasta hacer que se abriera en el monitor un portal que él no había visto antes.

Resoplando por sus estrechas fosas nasales, tan desmesuradamente engrosadas que apenas dejaban pasar aire, el elefantiásico hombre se acercó al monitor para ver mejor aquella página en Internet que parecía haber cobrado vida propia y ahora navegaba de una pantalla a otra sin necesidad de interacción. En el monitor aparecieron imágenes de Juan Carlos Salazar, cada cual más lúgubre que la otra y por primera vez él se vio a sí mismo tal y como era: una mierda, que tenía un trabajo de mierda, que celebraba los chistes del imbécil de mierda que era su jefe, que vivía en un cuchitril de mierda, que convivía con una mierda de mujer que lo trataba como un comemierda, que no tenía ni mierda de amigos, ni sabía por qué mierda su vida era una gigantesca mierda.

Después de unos minutos de incesante movimiento de una página a otra, la pantalla descansó. Y al siguiente instante le planteó una sola intrépida pregunta que lo asustó tanto que lo puso a hipar sin cesar: «¿Qué quieres de la vida, mierda?». Juan Carlos Salazar se quedó mirando la pantalla, hipando y resoplando como un hipopótamo en el asiento que le quedaba pequeño para sus glúteos que eran de seguro 'máximos'. «Quiero más», dijo al cabo de unos segundos buscando un pensamiento inteligente en su cerebro de mierda en donde todo lo que tenía en realidad era pedazos de mierda y conexiones cerebrales hechas mierda. «¿Quieres más?», preguntó el computador. «Sí…», respondió él, emitiendo un suspiro que más parecía un relincho.

—¿Pero qué quieres, comemierda? —preguntó la computadora en una voz cuya frecuencia solo Juan Carlos Salazar podía escuchar.

Los ojos del hombre se pusieron virolos y pujó para pensar.

—Quiero sentirme poderoso —contestó él, sobando sus dedos de elefante sobre sus labios de náufrago.

—Yo también —contestó la computadora—. Hazme clic en *enter* si quieres que sea tu asesor portátil.

—¿Pero qué significaría eso? —susurró Juan Carlos Salazar.

—Significaría que estaré contigo adonde vayas. En lugar de estar en este bodoque de ordenador me daría un salto a tu teléfono y desde allí te daría instrucciones para que seas cada vez más poderoso.

Sin pensarlo dos veces, Juan Carlos Salazar le pegó con su imponente dedo al *enter* y al instante apareció un mensaje en su móvil: «Vámonos temprano».

—Pero es que no puedo... —empezó a gimotear Juan Carlos Salazar. Su tono era agrio. Terriblemente agrio.

«Claro que puedes», contestó el teléfono.

—Pero... ¿cómo? Mi jefe se dará cuenta y se pondrá furioso. Si hasta me pueden despedir, y yo para lo único que sirvo es para hacer este trabajo donde cuento mierdas todo el día —dijo.

«Levántate», ordenó el teléfono.

Juan Carlos Salazar se puso de pie pero al ver a su jefe acercándose se volvió a sentar.

«DÉJAME PONERLO EN PALABRAS QUE ENTIENDAS: LEVÁNTATE, MIERDA», comandó el teléfono. Esta vez el mensaje escrito completamente en mayúsculas lo aterró. Ese aparato le estaba gritando.

Juan Carlos Salazar se levantó de un brinco. Su jefe doblaba la esquina en el largo pasillo de cubículos.

«Ve hasta el elevador y baja hasta el garaje ejecutivo», instruyó el móvil. Y esta vez Juan Carlos Salazar obedeció ciegamente.

Al llegar al estacionamiento, el teléfono ordenó: «Ve al Mercedes de tu jefe y con tus manos arranca los espejos de los costados y con esos espejos rómpele todos los vidrios».

Juan Carlos Salazar miró al teléfono para discutirle el plan pero apenas pensó en hacerlo sintió un ardor de electricidad que le quemó la muñeca y le levantó el brazo a lo alto, por encima de su cabeza, en actitud de sumisión. «Heil Hitmóvil», se escuchó decir, la electricidad todavía pasando por su cuerpo dejándolo más mierda de lo que ya era.

Apenas pudo bajar el brazo se acercó al auto de su jefe y con una fuerza que desconocía jaló el espejo del lado del conductor, logrando sacarlo de raíz. «¿Viste que sí puedes?», celebró el aparato y Juan Carlos Salazar sintió el poder circulando por sus venas junto con la mierda que tenía por sangre.

Ya sin titubeos, se acercó al segundo espejo y con sus manos de rinoceronte lo asfixió hasta que el vidrio se rompió y el metal se venció. *How you like me now?*, cantó en victoria el hombre y con mugidos de toro arremetió contra el elegante convertible rojo, golpeándolo con los espejos en ambas manos, arañándolo, magullándolo, destrozando sus vidrios y vejando sus faros hasta que del miserable lujo del jefe no quedó sino añicos regados por todo aquel nivel del estacionamiento.

Enloquecido con el súbito comando de su destino, Juan Carlos Salazar continuó apaleando cuanto auto encontró disponible en la cochera. Se ensañó particularmente con los coches rojos, a los cuales sometió a las bajezas más fuertes que pudo idear con la asesoría del teléfono.

Ya fuera del edificio de oficinas, se vio con las manos manchadas por el rojo de los autos que marcó con llaves. Se dio cuenta que pedacitos de vidrio blanco, transparente y rojo colgaban de su ropa y recordó que en un momento en que se encontró fuera de sí escribió sobre el auto de su jefe, con la punta de una cuchilla suiza, un mensaje particular y que encima lo había firmado.

Caminó unos metros y cayó de rodillas, agobiado por el peso de su vileza, agotado por el ejercicio punitivo.

—¿Qué he hecho? ¿Qué he hecho? ¿Qué he…? ¿Qué…? —murmuró cada vez más agitado hasta que colapsó en la acera, no sin antes aplastar a una pequeña mujer gitana que escuchando sus sollozos y pensando que podría lucrar de la mala suerte de aquel gigante empequeñecido, se acercó para ofrecer leerle la palma.

Juan Carlos Salazar abrió los ojos horas después en la enfermería de la comisaría. Vestía lo que visten los reos, solamente que en su caso todo le quedaba apretado. Mustio, marchito, con los labios más áridos que nunca, si eso fuera posible, despertó a tiempo para ver cómo le quitaban el teléfono y lo ponían en una cajita con todos sus efectos personales. Lo acusaban de vandalismo, le explicó una mujer policía y luego le dijo que seguramente pasaría un buen tiempo en alguna cárcel de mierda.

—¿Cárcel de mierda? —preguntó él.

—Sí señor, así como me oye: cárcel de mierda. Usted ha causado mucho daño… mucha pérdida material en su arranque de destrucción —respondió ella terminando de hacer inventario de las cosas que se llevaba al depósito.

—¿Por qué? ¿Por qué tuve que hacerle caso? —murmuró Juan Carlos Salazar para sí mismo.

—Porque eres un comemierda pero no te preocupes que ese defecto tuyo ahorita mismo lo manejo yo —contestó la radio de la mujer policía mientras ella se alejaba de la enfermería.

www.ingramcontent.com/pod-product-compliance
Lightning Source LLC
Chambersburg PA
CBHW051822170626
46807CB00003B/985